「——肆虐吧，布倫希爾德！」
那會是，祝福魔界新秩序
即將誕生的禮鐘嗎？
雙方同時蹬踏樓頂。
就此往前方空間縱身飛躍，
同握魔劍，掃出全力一斬。
東城刃更，與現任魔王雷歐哈特，
賭上自身所有的這一擊，於此刻激出劇烈火花。

「——吞噬他，洛基！」

新妹魔王的契約者

The Testament of Sister New Devil

7

上栖綴人

插畫 大熊猫介

Kadokawa Fantastic Novels

彩頁／內文插畫　大熊猫介

The Testament of Sister New Devil

ConTeNts

這是我無論如何都非達成不可的目的。
就算——這雙手會染上汙血，也在所不惜。

序章 各自的夜晚

1

魔界規模最為雄偉的城堡，名叫倫德瓦爾。

年輕魔王雷歐哈特所率領的現任魔王派，便是以此為根據地。

這座城不僅是首要的軍事重地，更在新魔王登基後，負起政治中心的功能。

然而——現任魔王派的最高決策權，並不是由雷歐哈特一人獨掌。

這是由於樞機院——一群堪稱魔界活歷史的高階魔族存在的緣故。

——在唯有明星皓月默默照耀大地的深夜。

雷歐哈特獨自一人，走在倫德瓦爾城鋪滿寂靜的走廊上。

每踏一步，冷硬的聲響就在那寬敞空間中反覆迴盪。

目的地，是位於倫德瓦爾城廣大領地外圍的西塔。

那是除雷歐哈特及其認可的人員外，誰也不得涉足的禁地。

轉入中央聯絡通道後，牆面由一整片巨大玻璃窗所取代。

在從旁探入的蒼白月光下，雷歐哈特拖著長長的影子繼續前進。

「…………」

西塔入口前，他伸出右手進行靈子認證，開啟厚重門扉後隨即踏入塔內；再解開靈子及魔力波型皆需符合的雙重防護，啟動自動升降裝置，地面跟著浮現巨大的魔法陣。

下個瞬間，魔法陣支撐了雷歐哈特的雙腳，開始上升。

速度愈來愈快，但雷歐哈特的長髮及披風不曾因風壓飄動。

這是由於自動升降裝置啟動時，同時也張開了防風力場的緣故。

於是雷歐哈特閉上雙眼，在抵達目的地前開始冥思。

雷歐哈特今天——受樞機院之命，投入日前才剛發掘的英靈，攻擊穩健派根據地，即從前的魔王城維爾達。

為了搜捕前任魔王威爾貝特的獨生女，成瀨澪。

指揮官是曾經比雷歐哈特更接近魔王寶座的加爾多，而樞機院還以監察之名，派出高階魔族涅布拉。

序　章
各自的夜晚

——然而，維爾達侵略戰最後卻以失敗收場。

對於事情經過，雷歐哈特已經得到充分的報告。

如同樞機院派出了監察，雷歐哈特也為防萬一，安插了足以信賴的夥伴——拉斯監視戰場，得以時時掌握最新狀況。

一得知加爾多戰後遭敵方俘虜，他就令拉斯進行救援行動，並向穩健派提出決戰要求。內容是，雙方在這倫德瓦爾城直接對決，一了百了。

雷歐哈特堅信，這是正確的選擇。

成瀨澪繼承自威爾貝特的力量，已開始覺醒。

東城刃更的戰力超乎想像，甚至能與那個加爾多較勁。

其餘的幫手，也足以打倒路卡所整備的英靈隊。

拉姆薩斯首度親上戰場，就展現出一擊消滅高階英靈的力量。

此外——日前與雷歐哈特交過手的東城迅，據說也加入了他們。

儘管己方擁有壓倒性的兵力優勢，但用來對付他們太過浪費；就算差距大到最後必定能壓垮他們，妨礙雷歐哈特統一魔界的敵對勢力可不只穩健派一個，必須保留一定戰力。雷歐哈特率領的現任魔王派與拉姆薩斯統管的穩健派，只是當今魔界最大的兩派勢力，其他還有大大小小各種集團，不能不防。

……更重要的是。

還有樞機院這些麻煩透頂的毒根。那些老禍害才是比穩健派更需要清除的障礙，必須盡可能避免多餘的犧牲或損耗。

——對雷歐哈特而言，這場各派少數代表所進行的決戰，有兩大重點。

其一，這與大規模戰鬥不同，能將樞機院的介入壓到最低限度；也能降低像這次攻擊中，預謀趁戰況混亂時倒戈暗算的可能性。

其二，以這種方式決戰，穩健派會比現任魔王派更有利。對於兵力處於壓倒性劣勢的穩健派而言，與其採取完全的總體戰，當然不如以雙方代表決鬥來解決紛爭。

說穿了，就是故意配合穩健派的弱項——然而為了不再讓樞機院為所欲為，這也是必要的犧牲。若要找個最不容易被樞機院破壞的決戰方式，恐怕沒有更好的辦法。

因此，雷歐哈特做了這個抉擇，並趁救援加爾多時通告穩健派。爾後再利用影音水晶，錄下包含自身影像及聲音的決戰要求，以魔力波動於水晶表面留下正式印記，藉戰場上常用的傳令飛龍送往維爾達城。

此刻，這水晶應該已經到了穩健派手中，被一群人鑽研其內容。

既然能將戰況推往有利方向，他們八成會答應。

……這麼一來，總算是前進一步了吧。

這麼想的雷歐哈特睜開雙眼，升降裝置也在這一刻開始減速。待裝置完全停下，眼前又是一扇厚重的門。

然而這扇門在視線水平的位置上，有個與其莊嚴雕飾極不相稱的色彩——一面愛心形狀的淺粉紅色木牌。木牌表面，以圓滾滾的可愛字體寫著：

『不敲門的話要打屁屁喔♥』

雷歐哈特對著木牌淺淺一笑，遵照指示敲了門。

「…………？」

可是，沒得到門後該有的反應。

時間已晚，難道是睡著了嗎。

於是雷歐哈特再輕敲幾下，確定依然沒人應門後，悄悄地開門進房。

2

威爾貝特，被譽為歷代最強的前任魔王。

替如此偉大胞弟繼承志業的拉姆薩斯，正在其辦公室中，觀看雷歐哈特送來的影音水晶中的播放內容。

「——顯像到此為止。」

露綺亞見到雷歐哈特投在牆上的影像逐漸收縮後如此平聲報告，並開始默想。

——白天受到巨大英靈襲擊後，穩健派與現任魔王派的現況產生了急遽變化。雷歐哈特竟要求雙方各派少數代表，進行多組的一對一決鬥，作為決戰的方式。

……這其實還不壞。

儘管那是對方提議的決戰方式，可是對兵力壓倒性不利的穩健派而言，沒有條件打全軍出擊的大混戰；況且，雖然今天在刃更等人的協助下，成功抵禦了對方藉巨大英靈發動的突襲，士兵仍有為數不小的死傷。

「……所以，你想怎麼辦呀，拉姆哥哥？」

在露綺亞深入思索時，有個男子對她所敬愛的拉姆薩斯使用難以想像的稱呼，打破房中的沉默。

平時，露綺亞絕不許任何人對自己的主人不敬。

然而她卻保持沉默。因為她明白，那男子是什麼樣的人。

東城迅，前次大戰中人稱戰神的可怕角色。

他曾與同有最強之名的前任魔王威爾貝特在大戰中交過手，而且戰況不分上下。由於這場戰鬥是祕密進行，沒有留下記錄。

……而且。

露綺亞曾經聽母親雪菈說過，他們縱然立場敵對也仍英雄惜英雄，更在經過種種迂迴曲折之後，產生誰也無法挑撥的信任；據說威爾貝特會決定從人界撤兵、將大戰導向終結，也是他與迅結下的密約所致。

而迅與威爾貝特的關係，現在已由拉姆薩斯繼承。

若這時露綺亞要指責迅的不是，未免太不懂事。

……再說。

迅坐在拉姆薩斯正對面的沙發上，悠悠哉哉地翹腳吞吐青煙的模樣，有種不曾在任何男性身上見到的奇妙魅力。誓言效忠拉姆薩斯的露綺亞，當然是不會對他動心；可是受命服侍迅的女僕，已經有人為他神魂顛倒。

「——是非去不可了。」

這時，拉姆薩斯口中發出低沉的聲音。

「對方會特地提出配合我方問題的決戰方式，恐怕是有些非同小可的內情。就算那只是個陷阱，這種決戰對我們也不算太壞。」

對於拉姆薩斯的想法，露綺亞沒有任何異議。甚至，她還期盼能在雷歐哈特改變心意、改行比拚兵力的總體戰前儘快答應這個要求。

「是啊，我想也是……」

迅回答。

「對了，克勞斯老爺子呢？他對這件事說了什麼嗎？」

「克勞斯大人似乎是因為派去現任魔王派臥底、當做王牌的屬下……拉斯背叛而深受打擊，自願負起敵方俘將遭劫而使狀況惡化的責任，表示在這次的決戰上，一切決策交由我們判斷。」

「拉斯就是化名瀧川的那個刃更的死黨吧，聽說他腦袋非常靈光……竟然在這時候被自己的手下擺了一道，看來賢老是真的老啦。」

迅苦笑著唏噓。

「不過，事情本來就不會盡如人意嘛……像威爾貝特的死，也比當初的計畫早了兩年啊，而且連澪也跑回魔界來了。到底是哪裡判斷出差錯啦？」

「威爾貝特的死期會提早，是因為穩健派裡作了蠢夢的人比預料多了太多的緣故。」

拉姆薩斯不假思索地回答迅的問題。

「至於……把澪叫來魔界，是因為樞機院拱出來當新魔王的年輕人，比我們想像中更有號召力。」

「了解……嗯，那個叫雷歐哈特的小少爺，的確是滿有看頭的啦。」

迅一臉了然於胸地捻著下巴的邋遢鬍毛說：

「來這裡之前，我先溜進那邊的城裡看看他長什麼樣了。戰力是有兩下子，憑他的架勢，要冠上魔王的頭銜也是十二分地足夠啊。」

「他好歹是樞機院推來接魔王位子的。還以為他們這次會找個對他們言聽計從的人，方便控制呢。」

「樞機院那幾個，大概是看到威爾貝特的影響力死了也沒消失，才怕得這樣搞的吧。要是連抗衡他們的能力都沒有，整個勢力都會被他拖垮……真是諷刺喔。」

「…………」

聽了迅這麼說，拉姆薩斯沉默不語。

「不過呢，既然事情都要解決了，就表示即使那部分的計畫多少有點變化，也對整個劇本沒什麼影響吧。」

迅接著說：

「不談這個了。話說我到有事碰頭的地方去看過，可是沒有『她』的影子……這部分也有變啊？」

「……沒有，我也掌握不到她的行蹤。」

拉姆薩斯對語氣變得稍微認真的迅搖頭說：

「如果她真的想躲，就連樞機院也找不到……可是都這種狀況了，我不知道她為什麼還不來找我們。」

這時——

「其實啊……我總覺得瑟菲雅妹妹的靈子反應，好像根本就不在魔界耶。」

一道稚嫩的聲音插入迅與拉姆薩斯的對話。轉頭一看，坐在沙發的迅身旁，不知何時多了個幼小夢魔——雪菈，端坐在那裡。

「母親大人……我不是奉勸過您好幾次，進拉姆薩斯大人的房間務必要走正門嗎？」

雖然雪菈和迅一樣，與威爾貝特有對等交情，但露綺亞對家人可沒辦法包容到那種地步。「不要那麼嚴肅嘛。」雪菈搖著手安撫。露綺亞送出責難眼神，並想——

……話說回來，他們怎麼會在這時候提到瑟菲雅大人？

露綺亞很清楚雪菈口中的女性是什麼人物。不僅是她，只是要穩健派的人，幾乎沒有不知道的吧。

不過，她無法理解迅與拉姆薩斯為何會在對話中提及瑟菲雅。

八成——這是屬於不能洩漏給露綺亞知道的話題。

「——妳感覺得到嗎，雪菈？」

序 章
各自的夜晚

「我是不能保證啦……只能說是好女人的直覺吧。」

「妳的直覺一向很準啊……」

迅胡亂搔著頭說：

「真糗，這邊也撲了個空……算了，總之處理眼前的問題先，不然就糟了。關於人家提出的決戰——你有什麼打算？」

「無論如何，都不能交給那些孩子。」

見到拉姆薩斯表情凝重地這麼說，迅嘆了口氣。

「拜託喔，拉姆哥哥……我那麼想直接動手也忍了下來，到這邊來找你們耶？你也幫幫忙好不好？」

我說啊——

「那個叫雷歐哈特的是比預料中強很多沒錯，但現在事情只能靠那群小鬼來解決。要是我們傻傻跳出來，情況可是會退得比『計畫』剛開始時還糟，根本不可能達到我們要的目標；況且，現在的你也沒那麼能打吧？」

「我無所謂。如果孩子們戰敗，過去的一切努力就全都白費了。」

「我也知道啊。就現在來說，刃更他們的確是很難打贏那個雷歐哈特和他那些屬下，可是……距離決戰還有幾天時間吧？雖然很短，我還是能在他們到人家地盤去之前，用我的方法盡可能教一些——他們做得到的致勝方法。到時候再做結論也不遲吧？」

迅對堅持不讓步的拉姆薩斯這麼說，並歪嘴一笑，然後「嗚啊……」地打個呵欠。

「好啦，今天大概就這樣，我要去休息了。經過這一趟長途跋涉，實在是有點累。菲歐現在怎麼樣？」

「迅先生您帶來的孩子嗎？他應該正在客房休息。」

「那我也到那間房睡好了，應該有多的床吧？」

一聽露綺亞那麼說，迅就從沙發站起。

「空床的確是有……可是，與刃更先生用同一間客房，不會比較好嗎？聽說兩位多日不見，應該有很多話想說吧？」

勇者一族的戰神——東城迅，對露綺亞的貼心設想笑了笑，說：

「還是算了吧……今天啊，還是跟刃更分房睡比較好。」

3

情況確實如迅所料。

序章
各自的夜晚

刃更正在他借宿的客房──寢室中，忙著使澪屈服。

澪與刃更正面相對，只穿著一條內褲跨坐在刃更大腿上。

「呀啊！啊啊……哥哥、哥哥……哈啊、呼啊啊啊啊♥」

她撒嬌似的雙手繞在刃更後腦緊抱不放，而刃更則是揉捏著她變得極其敏感的胸部、吸吮那鼓脹的尖端；每一下，都讓那張可愛的臉龐痴醉迷茫，甜滋滋地「哥哥！哥哥！」叫著刃更。

這反應，更是令人想好好疼惜。已在刃更手下高潮無數次的澪，仍隨著刃更對胸部的攻勢不停產生女性反應，不自覺地扭腰擺臀，將沾滿淫褻分泌物的內褲往刃更猛蹭，將他身上僅剩的平口褲抹得愈來愈濕。

這時，刃更張嘴往澪硬挺的左乳頭使勁一咬。

「～～～～～～～♥」

澪隨即雙腳鉗住刃更的腰、翻仰上半身猛然高潮。

這瞬間，刃更再將被炙熱快感燻到軟得要融化的胸部，用力吸成更煽人慾火的形狀。

「！……啊……♥」

刺激更加到達頂峰的澪，腰在刃更腿上不自禁地一抖再抖。當刃更「啾啵」地鬆口，澪也虛脫地向後倒去，躺在床上。

「哈啊……哈啊、嗯……」

「——刃更哥，這還不夠。」

儘管澪已眼眸恍惚失焦，嘴裡只吐得出火燙嬌喘，在一旁看著她的年幼夢魔卻仍這麼說。萬理亞身上只穿一雙橫條紋過膝襪，是為了幫助澪更向刃更屈服的緣故。

——畢竟，這場屈服就是萬理亞起的頭。

白天，與為澪而來的現任魔王派交戰時，澪放出威爾貝特的力量擊潰高階英靈，卻也因強大力量的反衝而當場昏厥。

澪清醒後，得知刃更等人平安的喜悅沒持續多久。她很快想到，自己的存在使得穩健派士兵及城市遭受巨大迫害，柚希幾個也在戰鬥中受傷，使她自責不已。

戰到最後的潔絲特，和自癒力強的夢魔萬理亞，都恢復到了能夠到處幫忙的狀態；而受魔界魔素影響的勇者一族——柚希與胡桃，即使用上了魔法和各種療傷物品，也得靜養到明天才准下床。

至於刃更，情況雖沒她們那麼重，但也是傷痕累累。

儘管如此……大家都能在那場死鬥中生還，已是不幸中的大幸了吧。

當然，澪來到魔界之前就明白難免會發生這種事，並做好了某種程度的心理準備……不過實際見到士兵們在自己眼前喪命，仍然造成了強烈的打擊。

因此——萬理亞請潔絲特照顧柚希與胡桃後，就將沮喪的澪帶到刃更房間，希望他安撫澪傷痛的心。

——刃更原本只是想單純說幾句話安慰她，可是情緒低落的人難免想不開。澪似乎是認為就連這安慰都給刃更添了麻煩，主從契約的詛咒在進房門之前就發動了；見到刃更身上的傷，更是加深她的自責，使她陷入更深一層的催淫狀態。於是刃更最後選擇的，是與萬理亞聯手使澪屈服，強行驅趕她的痛苦。

「…………」

萬理亞說不夠，一定就是不夠。所以刃更將仰躺的澪打側，原本對著天花板的胸部也彈晃晃地向橫傾倒——接著，自己也側躺在澪背後，張手撈起她的胸部就揉。

「呼啊啊啊啊♥呀……哥哥、呼……嗯！啊啊啊♥」

澪也立即起了反應，在刃更的臂彎中嬌柔地扭動；然而——只有這樣，是沒完沒了的。

所以——

「萬理亞——」「好，包在我身上♪」

萬理亞笑嘻嘻地點頭回應刃更的呼喚，並面對澪側躺下來，將刃更所揉的乳房——尖端吸進嘴裡。

「不要……萬理亞、啊、啊啊……呼啊啊啊啊啊啊♥」

被刃更和萬理亞前後夾攻的澪瞬時無法自持……在兩人攻勢下一次次地高潮後，頸部的主從契約斑紋終於消退。

「………………」

刃更替全身發燙的澪披上浴袍以免她著涼後，下床注視窗外，萬理亞跟著將澪扶進附設的浴室沖去身上汗水。在門後傳來的淋浴聲中，刃更望著廣闊夜景回想白天與現任魔王派的戰鬥。

想著巨大英靈的威脅、敵方高階魔族加爾多的強悍。

將加爾多救出牢房、可能成為敵人的瀧川。

……還有。

未來必將對上的現任魔王雷歐哈特。

在這個和樞機院也有直接敵對關係的狀況下，要幫助澪擺脫魔王獨生女的宿命，讓她過普通女孩的生活，仍有許多障礙必須克服，處境依然嚴峻。

與迅重逢雖有如久旱逢甘霖，但他恐怕不會親上前線。

迅既然是勇者一族中的英雄，就等於是魔族的頭號大患。若公然攻打激進派與保守派合併而成的現任魔王派，很容易一個差錯就激怒現任魔王派大多數，而使戰事發展成大規模戰鬥；因澪而起的各種狀況，也將從混亂惡化成混沌。

……想太多了。

就算得不到他的戰力，也能得到他的建言吧。歷經前次大戰、甚至有戰神之稱的迅，應該能提供足以幫助刃更等人打破現況的意見。

「刃更哥～要不要陪我們一起洗呀～？我們可以幫你洗背喔～？」

當刃更這麼想時，光溜溜的萬理亞打開更衣間的門，笑咪咪地邀刃更共浴。

身上圍著浴巾的澪，也羞紅著臉看來，眼神迷濛地懇求：

「拜託嘛刃更……來嘛……」

「好……知道了。」

刃更點頭答應，慢慢走到她們身邊。

同時冷靜地——思索自己明天該怎麼行動。

4

雷歐哈特踏進了倫德瓦爾最接近天空的房間。

半球形的寬敞空間中，到處都是老練工匠打造的高級擺設。

除了一系列引人目光的巨大天蓬床、作工豪華的梳妝台等家具外，還有許多為視覺帶來不同意趣、令人紓緩心神的觀葉植物。

在這兼具臥房、起居室及客廳所有要素、每個角落都用盡心思的空間中生活，似乎沒有任何不便。

由於這房間的位置比抵禦外敵的哨塔還高，能望見在夜月下朦朧浮現的地平線；但在隱形結界的覆蓋下，從外頭看不見。

來到這房間的雷歐哈特，直往置於房中央的大床邁進。

「…………？」

沒看見應該在那的人，使他皺眉環視。

這時，與出入口隔床相對的門伴隨器具碰撞聲突然開啟。一道黑影跳了出來，跑到雷歐哈特腳邊——是頭地獄犬。牠依附著雷歐哈特的腳嗚咽蜷縮，一副拚了老命想求救的樣子。

「……怎麼濕這樣？」

地獄犬都成了落水狗，全身瘦得比平時小了一圈。當雷歐哈特看見牠身上的泡沫，猜到大概出了什麼事時——

「舔舔～！怎麼可以洗到一半跑走呢！再不聽話就抓去閹掉喔～！」

有個人節奏略緩地這麼說著，跑出地獄犬所逃出的門。

序章

各自的夜晚

那是個皮膚白皙通透、一頭長髮有如金波，擁有魔族稀有外貌的美麗女子。原先，她正在那門後的浴室洗澡吧。那一絲不掛的裸女和地獄犬一樣全身濕透，貼附著長髮的惹火胴體上，還有些沒沖乾淨的泡沫。

「啊～是雷歐耶……耶～雷歐來了～♥」

原本還臭著臉在房裡張望著尋找地獄犬的女子，一發現雷歐哈特就開心得向前伸出雙手，噠噠踏著濕漉漉的腳丫跑過來，地獄犬嚇得立刻躲到他背後。見狀，雷歐哈特用斗篷蓋住牠，並稍微張開雙手，讓那美女就此抱來，對衣服沾上水和泡沫毫不在意。

因為他有更重要的事要做。

「我回來了，姊姊……」

輕輕抱著她這麼說之後，雷歐哈特那在他胸口蹭動可愛額頭的姊姊——莉雅菈抬起頭。

「歡迎回來，雷歐。你今天也忙了一整天吧。」

並笑彎她垂垂的大眼睛，以慈愛面容慰勞他。

雷歐哈特的表情，也因此自然地放鬆下來。

卸下年輕魔王的臉孔，變成疼愛眼前姊姊的——一介青年的臉。

——魔王雷歐哈特，有個只有家族成員才知道的重大祕密。

那就是，他在蒙受莉雅菈的家人收養以前，只是個在孤兒院長大的戰爭孤兒。

莉雅菈來自出了不少魔王而極為顯赫的公爵家。系世如此優良的公爵家，會特地收養雷歐哈特這樣的孤兒，當然是有原因的。

這全都是因為——莉雅菈的容貌。白膚金髮……是從前遭逐出神界的魔族最痛恨的，神族的長相，而那卻出現在偏偏貴為魔族公爵之女的莉雅菈身上。然而——莉雅菈並不是一出生就是這樣。剛出生時，她還擁有父母所給的一切；但隨著自我人格逐漸形成，她的外貌也愈來愈接近神族。

真是既殘酷又可憎的返祖現象。

為了保護她，公爵夫婦謊稱她不幸夭折，對社會甚至整個家族隱瞞她的存在；因為他們明白，一旦人們知道她擁有那象徵禁忌的外貌，恐怕會惹來殺身之禍。爾後，家族要求公爵夫婦為公爵家生下新的繼承人，但夫人不知為何並無再次受孕——只好收養個孤兒男孩瞞天過海，對外宣稱他是後來所生，當長子扶養長大。

而這個男孩，就是雷歐哈特。

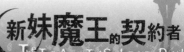

邂逅莉雅菈時的情境，雷歐哈特至今仍記憶猶新。那出現在幼小雷歐哈特面前、與他年紀相仿的美麗少女——以及當自己為突然的會面而惶恐不安時，她那親切的擁抱，一切都是那麼地刻骨銘心。

自身身分被認為已經死亡，絕不許出外一步的一生——就某方面而言，比雷歐哈特這樣的戰爭孤兒還要悲慘，然而莉雅菈還是比誰都還要開朗、純真……沒多久，就讓雷歐哈特為她傾心。

「討厭啦……雷歐你以為現在幾點啦？都過午夜了耶。」

雷歐哈特溫柔地抱住莉雅菈，對那張不滿的嘟嘟臉說：

「對不起……突然有公務要忙，一不小心拖得太晚。」

「……雷歐，姊姊不喜歡你找藉口喔。」

莉雅菈嘴嘛得更用力了。

「姊姊一個人被雷歐丟在這裡這麼久，很寂寞耶！有多寂寞嘛，大概就是等不及雷歐回來，先抓舔舔一起洗澡那麼寂寞吧。」

這時，莉雅菈突然想起什麼似的說：

「對了，雷歐你聽姊姊說喔，舔舔牠真的很過分耶！難得姊姊想幫牠洗乾淨，可是洗到一半就唉唉叫著夾著尾巴跑走了。那隻臭汪汪……只用鋼刷用力刷了幾下就不行了，很沒男子氣概耶。給我出來~乖乖讓姊姊閹了！」

聽見莉雅菈氣沖沖地這麼說，躲在雷歐哈特背後的地獄犬抖了一下。

「姊姊……我明白妳的心情，可是要閹掉貝亞魯實在是……」

雷歐哈特終於替莉雅菈一直稱作「舔舔」的地獄犬正名後——

「雷歐……你該不會是不管姊姊，要幫舔舔說話吧？」

「不是，因為貝亞魯本來就是母的，在物理上沒辦法閹啊。」

「姊姊手藝很厲害，這才不是問題呢！只要隨便找一根棒子一針一針縫在牠胯下，再說

『竟敢變得這麼硬，簡直禽獸！』汙辱牠，用鋸子鋸掉就好啦！」

「……姊姊，這房間可沒有棒子或鋸子喔。」

莉雅菈的奇想讓貝亞魯抖得更是厲害，使得雷歐哈特都不忍心地苦笑著安撫她。

「別理牠了，妳說妳才洗到一半吧……再這樣下去會著涼，回浴室去吧。」

「唔……那雷歐，你抱我進浴室。」

雷歐哈特點個頭，溫柔地將莉雅菈橫抱起來。

這時，莉雅菈環抱他的脖子，就這麼吻了上去。

「————」

但是，魔王雷歐哈特並不訝異。

因為他至今與這沒有血緣的姊姊已吻過無數次。

甚至有更深的關係。

「嗯……啾。雷歐、換雷歐親人家了啦。」

在莉雅菈甜聲媚色的催促下，雷歐哈特以自己的唇回應美麗姊姊的要求，並就這麼相吻

著，將她抱進浴室。

公爵夫婦會收養雷歐哈特，其實不單是為了替公爵家找個繼承人。

他們還要求雷歐哈特將來須與莉雅菈產下子嗣，不能就此斷了公爵家的香火。

可是莉雅菈的存在不能曝光，所以雷歐哈特必須另外娶妻作為掩護，並將雙方的孩子交換扶養……這便是公爵夫婦想出的計策。

雷歐哈特受到這個要求，是在魔族與勇者前次大戰有結束跡象——暫時從戰場歸來時。

為人父母，公爵夫婦無論如何都想保護莉雅菈的性命，同時也為必須延續家族血脈的義務深深苦惱；因此在那一天，他們懺悔似的對雷歐哈特坦白說出收養他的原因，同時也告訴了他——莉雅菈在自己的父母決定收養時，就知道他們要這麼做了。

事實就是如此殘酷。但雷歐哈特並不怨恨養父母，因為他們對非親非故的自己投注了親生骨肉一樣的愛來養育——也知道他們也同樣、甚至更加倍地深愛莉雅菈。

雷歐哈特不僅希望達成養父母的要求，自己也從小就暗戀著莉雅菈。在知道莉雅菈願意接受這一切——當問她是否願意接受姊弟般一起長大的自己，而她理所當然地點了頭之後，雷歐哈特報答養父母的決心更加堅定。

當時的魔王威爾貝特，不顧樞機院等周圍的反對或抗議，將人類血統濃厚的女孩迎入后座這前例，也給了他很大的信心。

時代開始改變了……說不定，社會很快就能認同莉雅菈的存在，不需要另外娶妻給別人看了。所以，他將莉雅菈的存在，告訴當時隸屬同一部隊的生死之交巴爾弗雷亞和拉斯，並讓他們直接見面，請求他們在這場大戰結束後，為爭取莉雅菈的自由再與他並肩作戰。

最後，雷歐哈特與養父母與莉雅菈相約，待他戰後歸來，會再一起討論出大家都能得到最好結果的作法就返回戰場——帶著對未來的確切希望。

然而——這份希望卻在極為惡劣的狀況下破碎了。

迎接雷歐哈特卸甲歸來的，是養父母的死訊。

據說是病死的。此時，老天刻意要追打雷歐哈特似，傳來了另一件噩耗——威爾貝特的妻子雅雪也過世了。這麼一來，莉雅菈幾乎不可能獲得社會認同、名正言順地與他成親了。

——可是，雷歐哈特並沒有就此放棄。無論結果如何，威爾貝特仍然留下了迎娶人類混血兒為后的前例。雷歐哈特在大戰時獲勳無數，名聲大噪；他便以此為基礎，拚命蒐集各種材料，要讓把公爵家顏面當成命根子的親戚們閉嘴，打破將莉雅菈的外表視為禁忌的偏見，不向命運低頭。

到了距今一年半前，威爾貝特的死訊震撼魔界全土時，雷歐哈特終於逮到了機會。激進派與保守派所合併而成的新勢力之首——樞機院向他透露，會擁立他作次任魔王。

與莉雅菈共浴後，雷歐哈特一出浴室就往床上移動。

誓言共結連理的男女裸身上床，必然會發生關係。

雷歐哈特與莉雅菈彷彿深怕浪費這專屬於兩人的時間，從相擁著纏舌深吻開始逐漸加速，熱情地、陶醉地索求彼此。

用手與嘴撫遍全身每個角落，甚至轉換位置，以口舌充分刺激彼此最敏感的部位後，雷歐哈特與莉雅菈終於靈肉交合。

一對熟知雙方弱點及敏感部位的男女所進行的熱情性交，帶給了他們無上的歡愉。

於是兩人一再貪求高潮的巔峰，最後一起倒臥床上——仍然彼此相連。

直到呼吸與心跳穩定下來，雷歐哈特才抽出莉雅菈體外，以左手側摟著她。

然後告訴她，自己為何這麼晚才出現。

受樞機院之命襲擊穩健派根據地維爾達，卻遭刃更等人抵抗而以失敗收場的事、樞機院想趁此機會暗殺加爾多的事、因此負傷的加爾多被拉斯救回的事、同時提出以少數精銳決戰的事等，雷歐哈特都慢慢地說給莉雅菈聽。

「這樣啊……那就快了吧。」

當雷歐哈特說完，依偎著他的莉雅菈柔柔一笑。

「對——一切都快結束了。」

雷歐哈特也仰望天花板輕輕點頭。

只要以新魔王身分鎮撫穩健派，進而統一魔界後，就能堂而皇之地迎娶莉雅菈——起初，如此打算的雷歐哈特還很感謝樞機院。

——但是，有些祕密是坐上高位之後才會知道的。

即位前不久，雷歐哈特得知自己會獲選為新魔王，不只是因為大戰時的功勳，與養父母的死因也有關。

他們不是病死的。雷歐哈特返回戰地時，樞機院發現了莉雅菈的存在，並半開玩笑地想將外表稀有的她帶回去當打發時間的玩具；公爵夫婦拚了命地阻止——卻慘遭到樞機院的毒手。樞機院會發現莉雅菈的存在，是在他們不滿穩健派的威爾貝特，而對繼任人選雷歐哈特作身家調查時意外發現的。對此，雷歐哈特簡直怒不可遏；而更使他忍無可忍的，是樞機院其實一開始想要的就是公爵夫婦的命，莉雅菈只是藉口。

養父母的死亡，使得雷歐哈特將與莉雅菈結婚生子，視為他們的遺願。為了完成它，雷歐哈特非得成為新任魔王君臨魔界，打倒穩健派不可。

一切——都照著樞機院的劇本走。

另外，樞機院沒在公爵夫婦死後染指莉雅菈，是因為能夠利用她箝制雷歐哈特，就這麼簡單。

——而主導這整個計畫的，就是貝爾費格。

如此絕對不可饒恕的真相——全被雷歐哈特一口吞下，並懷著比地府還要深沉黑暗的憎惡，即位為新任魔王。

成為魔王，無疑比單純的公爵繼承人更容易剿滅樞機院，讓他們為奪去養父母及莉雅菈的幸福未來付出代價。當然，與樞機院拉近距離，就必須加倍確保莉雅菈的安全；到頭來，還是得委屈她和還在公爵家時一樣，過著不能踏出房間半步的生活。

……真是諷刺。

明明要掃除從前偉大魔王的幻影，成為統馭魔界的絕對君主，給莉雅菈一個真正的安身之所……但雷歐哈特現在所做的事，卻與娶人類混血兒為妻、不得不剝奪其自由的威爾貝特一樣。

不過，要真正保護自己心中所愛……並且讓她幸福，本來就是這麼困難的事。

……我絕對要成功。

無論如何都要超越威爾貝特……邁向他達不到的境地。

將這魔界改造成莉雅菈能夠理所當然地享受幸福的——一個寬仁的世界。如此一來，因弱小、出身、環境、血統或外表而苦的人們所受的欺凌，也會逐漸減輕。

如今——為達成這理想的關鍵第一步，就快要踏下了。

透過與穩健派的決戰。

——魔王雷歐哈特，有個無論如何都想得到的東西。

那並不稀有，每個人或大或小，都一定擁有。

威爾貝特的女兒和迅·東城的兒子也不例外。

但儘管那如此普遍，雷歐哈特也絕不退讓。只要阻撓他剷除弒親仇敵樞機院、真正解放莉雅菈，無論是成瀨澪還是東城刃更，甚至是人稱戰神的迅·東城，一律誅之不赦。

就連——

有魔界活歷史之稱的樞機院也一樣。

……沒錯。

雷歐哈特更用力地摟緊莉雅菈的肩。

膽敢擋路者，哪怕是神也照殺不誤。

這都是為了得到邂逅莉雅菈時描繪的夢想——與她攜手共進的未來。

第1章 面對自己的現實與真心

1

穩健派根據地，前魔界王都維爾達。
廣布其周邊的奧朵拉森林中，有個擊劍聲不斷的角落。
那是久別重逢的東城家父子所織出的，實戰特訓的戰鬥聲。
除擊劍聲之外，還能聽見他們穿越林間而引起的枝葉婆娑聲。
不過——刃更和迅並不在地面。
而是空中。
「喔喔喔喔喔喔喔喔喔喔喔喔喔喔喔喔喔喔喔！」
東城刃更忽以裂帛之勢斬出魔劍布倫希爾德。
目標是視線前端——在空中手持模造劍的迅。
「——嘿咻。」

迅隨手一撥，就輕易地架開了刃更的劍。

然而——第一擊會遭到化解，也是刃更預料中的事。

「喝啊啊啊啊啊啊啊啊啊啊！」

隨即一口氣串起無數斬擊，要憑速度壓制轉攻為守的迅。

「喂喂喂，要攻擊是可以，記得先看看情況好嗎？」

迅強行掃起模造劍打偏布倫希爾德，阻斷了刃更的連擊——知道不妙時，已經太晚。

刃更就這麼硬生生地捱了迅順勢擊出的斜斬。

「呃啊啊啊啊啊啊！」

這重擊的勁道，剝奪了刃更以雙足落地的餘地——直接無可奈何地被迅砸落地面，體下迸出「砰」的沉重撞擊聲。

「呃……唔、啊……！」

雖勉強緩衝了部分撞擊力道，但剩餘的衝擊仍震得他的肺一時間忘了怎麼呼吸。

不過刃更依然用盡全力站了起來。身上衣物到處是剛那一摔所不可能造成的森林土痕，臉和手上也有許多輕微擦傷和瘀青。

至於其他全身上下隱隱作痛的部位，更是不計其數。

衣物的髒汙顯示了摔落地面的次數，而身上痛楚則是被迅擊打的次數。

這時，跟了過來的迅輕巧落地。

「在空中本來就不容易迴避、破綻也會變大，結果你這力量輸人的速度型還只挑一個地方打，有沒有搞錯啊？」

並拿模造劍輕輕敲著肩膀說：

「既然你和佐基爾交過手，就知道對上綜合能力比較高的對手時，至少得將自己的武器活用到最大限度才有勝算吧？來幾招有創意的更是不在話下，但如果沒辦法超乎對手的預料或想像——」

「————！」

迅還沒說完，刃更已再次出擊。他壓低身勢，一鼓作氣加速疾奔，將迅納入布倫希爾德攻擊範圍的同時向後旋肩，強行擊出正面的直線劈砍。

「才剛說就這麼大動作——喔喔？」

見狀，迅無奈地舉起模造劍，但刃更在他接擋攻擊前解除了布倫希爾德。

如此消除了原該發生的反作用力後——刃更「刷！」地一個滑步踏定左腳，將揮下的右手依反手軌道猛然高揚。

若在這動作中具現出布倫希爾德，就能使出運用次元交界的拔刀術——也就是連那高階魔族加爾多的右臂也斬得斷的「次元斬」。然而——

「！——？」

刃更這一斬卻無疾而終。他的右臂遭到了阻礙，沒揮出去。

迅的右腳底板，就像不吃這一套似的，將他的手踩在半途之中。

「想用這招來個出其不意是不錯，不過衝入敵人懷中除了容易出手以外，對方防禦或反擊起來也相對地容易。如果想確實給予重創，記得要在做假動作的時候破壞對方的步調，否則……一旦被擋下來就慘囉！」

刃更還來不及逃就被迅用力抓起衣領，接著眼前天旋地轉地飛上空中，最後由背落地。

「呃啊……唔……呃——？」

撞出肺部的氣又馬上被刃更吞了回去。迅手上那把模造劍，已指著他的咽喉。

「——要是變成這樣，你就玩完了。」

迅笑著這麼說，並收回了劍。

「怎樣……要繼續嗎？」

「！……那當然！」

刃更儘管表情痛苦，戰意仍一絲不減。

「這樣啊。那就先休息一下再來吧。在身體不太能動的狀態練下去，只會讓特訓效果打折而已。」

第1章
面對自己的現實與真心

「…………知道了。」

見刃更點頭，迅輕笑一聲，從懷裡掏菸點燃。

迅與刃更大不相同，衣服乾乾淨淨，不僅毫髮無傷，就連氣也不喘。離開了「村落」五年……迅應該也有與刃更等長的空白，但這個被譽為最強勇者的男人，卻沒有一絲絲退步的感覺。刃更從瀧川開始，接連與高志等人、佐基爾交戰，來到魔界後又對上巨大英靈與加爾多等強敵，實戰經驗應該並不算少。當然，先來到魔界的迅只要有心，想要暖身幾場都沒問題；不過做那種事，他人在魔界的消息馬上就會傳開，現在早就釀成巨大風波或麻煩了吧。

……也就是說。

原因很單純，就是刃更與迅的實力原本就差了一大截。還在「村落」時，刃更曾和迅對練過無數次，自幼就知道實力差距有多大，可是——

……不行。

現在自己與迅的實力差距並不重要，問題在於——

「老爸……」

刃更坐在地上，輕輕抬頭對迅問：

「你見過現任魔王……雷歐哈特吧？」

「是啊。現在可能不太適合這樣說，不過他真的是年輕有為喔。」

「……現在的我有勝算嗎？」

迅與刃更和雷歐哈特都交過手，刃更便向他詢問彼此的力量差距。

「這個嘛……」

迅先這麼提詞，接著說：

「首先呢，你很在意自己的空窗期，以為自己還沒找回實戰的感覺……可是現在的你，實力已經比還在『村落』的五年前高了；而且這五年來，你的基礎體能都有所成長，和澪她們結主從契約也讓你強化很多了吧，那些女生大概也都是這樣。」

「呃，可是……」

「你會一再陷入苦戰，只是因為對方就是那麼強，不是因為你們弱啦。」

沒錯。

「你們是很強，不過很遺憾，那個叫雷歐哈特的比現在的你還要強上兩段……不，三段吧。恐怕正面打起來，我也比不過他。」

「連老爸也打不贏……？」

刃更心中甚為震撼。比自己強三段就算了，沒想到還會在迅之上。看著父親長大的刃更心中，「沒人贏得了迅」的印象非常強烈；一聽見雷歐哈特更強，便完全不覺得自己有任何勝算。

「哎喲，我又不是說絕對贏不了……要贏得看方法。」

見到刃更錯愕的表情，迅苦笑著說：

「對你來說也是一樣……刃更，你還沒完全發揮出武器和自己的力量吧？」

「我……」

對於迅指出的問題，刃更支吾著默認了。自己的確只是被布倫希爾德選為使用者，沒有達到被「咲耶」認同的柚希那樣的境界。

「而且，你還不太清楚自己最大的優勢在哪裡……雖然這部分是我的錯就是了。」

「？什麼意思啊？」

「沒什麼……總之就是，只要能解決那部分的問題，你應該能和那個雷歐哈特打上一陣子。」

迅再說：

「我是很想慢慢花時間把你教到能夠運用自如，可是對方定的決戰日期不遠，沒那麼多天可以練。」

「……嗯，我懂。」

「先告訴你原理嘛，又可能會讓你想太多，反而更難領悟……」

刃更表示理解後，迅說到這邊停了一會兒，問：

「——差不多休息夠了吧？」

「咦？啊，夠了……」

儘管感到迅的音調低了點，刃更仍點頭應聲。

這時，刃更與迅周圍的聲音忽然消失了——有人設下了結界。接著——

「這樣啊——那我就換個激烈一點的方法特訓好了。」

迅對刃更自囈似的這麼說。

下一刻，迅散發的氣息驟然一變。首當其衝的刃更，甚至停止了呼吸。

「————？」

刃更嚇得全身緊繃，不禁架起布倫希爾德。若不如此採取備戰姿勢，他完全無法面對現在的迅。

然而身體不會說謊，遍襲全身的細小顫抖想止也止不下來。

同時，某種情緒湧上心頭。

那是面對佐基爾和加爾多時都沒感到的——恐懼。

「——之前，我說出事會幫你擦屁股，還記得嗎？」

迅緩慢地沉聲說道：

「接下來，我會完全不放水。如果你真的想親手解決這件事，就給我拚了老命撐過去。」

不是賭上性命得來的力量，別說不懂得珍惜，就連有個萬一的時候，也不值得把性命交給它吧？」

放心。

「假如你不行，到時候——我會替你擦屁股。」

語畢，迅的模造劍散發出耀眼的綠色氣場。

「如果讓你還算能動，有辦法死皮賴臉地跟來，也只會礙手礙腳……所以我會把你打得只剩一口氣，讓你徹底死心。覺得撐不過去的話，就給我乖乖接招。」

聽到了沒？

「要是隨便亂動……害我替你收屍可是大不孝喔？」

迅說完的剎那忽然劍光一掃——擊出的綠色奔流霎時化為衝擊波，逼向東城刃更。

「————」

現在的刃更被迅的強大壓迫感震懾，意識雖跟得上不斷逼來的衝擊波，身體卻無法反應。這下別說以「無次元的執行」將它完全消除，就連倉促用半套力量將它彈開也辦不到。

因此——刃更腦中瞬時閃過，在這裡倒下後的可能發展。

——迅說，他不是完全無法戰勝雷歐哈特。

交給迅處理，事情應該會解決得比自己更漂亮。

若將澪擺在第一位，乾脆就這麼接受迅的攻擊就此躺下或許會比較好——這點評估，刃更還是懂的。

「————！」

可是刃更的雙手，卻緊緊握實了布倫希爾德。

對澪的承諾、如家人般重要的少女們，必須由自己親手保護，絕不能假他人之手——豈能因為面臨生死關頭，就拋棄自己的信念。

……沒錯。

刃更想起，自己即使沒有迅那樣無人能及的力量，也曾誓言盡全力保護大家，如同過去迅保護他一樣。

再也不要像五年前那樣，放棄掌控自己的意識——事後才為自己的脆弱與無力後悔；不要什麼也不做，只是等待別人施救。

所以——

「————！」

迅所放出的衝擊波吞噬他整個人——的前一刻。

東城刃更採取了行動。

2

當刃更在奧朵拉森林接受迅的特訓時。

澪這邊的女子組，也在雪菈和露綺亞母女倆的監督下，於維爾達城中庭進行特訓。以武器或格鬥術等近身戰鬥為主的柚希和萬理亞，由露綺亞指導；魔力型的澪、胡桃和潔絲特，則由雪菈指導。這裡所做的，不是刃更他們那種實戰特訓。雪菈和露綺亞這兩位講師，是配合澪幾個的戰鬥方式進行戰術講習，並複習舊有的各種搭配，或是設計新招式等；尤其著重於解放各自能力、縮短發動時間、提昇威力或效果等根本性的特性強化。增強基礎，能夠為戰術應用帶來更多選擇，成效最具價值；然而——也因為如此，這樣的訓練極為艱辛。

因為，她們必須在完全超越自己的極限以前，不斷地使出自己所有力量，而且那還不一定能突破自己本身的障礙。要取得超越極限的成長，需要與過去完全不同層次的意識改革——也就是，需要覺醒。

這種事，並非一朝一夕就能輕易達成。才開始兩個小時左右，澪幾個已經上氣不接下氣，連站也站不穩。

「哎呀呀，怎麼這麼沒用啊……沒辦法，雖然早了點，還是先休息吧。」

見到她們的體力如此不堪，雪菈嘆著氣這麼說。

「這是可以消除疲勞的魔法水，各位請用。」

候在一旁的侍女諾耶，將單手便於拿取的細長水壺交到她們每個手上。感到微甜又有點柑桔酸味的水滋潤喉嚨、沁透渴求水分的身體後，女孩們才總算又活了過來。

特訓才剛開始不久，自然還沒有任何人發現新能力，但幾乎每個人都抓到了近似訣竅的感覺。那是因為，她們已經找到該如何使自身戰力更進一步的明確方向。

胡桃的目標是透過露綺亞給的黑色元素向魔界精靈借取更強大的力量；而柚希則試著找出開啟小型次元裂縫的方法建構魔界與人界的聯繫，使靈刀「咲耶」在魔界也能發揮力量。

萬理亞對戰佐基爾時，曾藉超載靈子中樞而「成體化」，為了在關鍵時刻能夠再度使用這個能力，要提昇自己的肉體與精神狀態，使靈子保持活性化，加速恢復精鍊魔法鑰的所需能源。至於潔絲特雖在與刃更締結主從契約並向他屈服後，使原本就較為高強的戰力獲得提昇，但畢竟是新的夥伴，所以希望能盡可能地彌補自己所缺少的默契，拚命地學習刃更、澪、柚希、萬理亞以及胡桃等五人的戰鬥方式與能力，試著建構出效果突出的組合技。

如此定下了各自目標的每個人，在休息時也積極地向雪菈或露綺亞尋求建言，或彼此交換意見。其中——

「…………………………」

只有澪一個愁眉苦臉地低著頭，沉默不語。其他四人都已經開始著手於強化自身能力的訓練方式，只有澪一個還找不到方向。

縱使承繼自父親——魔王威爾貝特的力量確實強大，可是反衝也強得現在的澪只要一用就會失去意識，就像日前在維爾達市區中，與現任魔王派的高階魔族及巨大英靈們時那樣。這能力能夠使用……但代價是昏厥，在與現任魔王派的決戰中只會使自己成為包袱。

……我該怎麼辦才好？

找不到具體的解決方法，讓澪不甘地握緊拳頭。她在今天的特訓中也曾試著控制威爾貝特的力量，可是每次都是才稍微發動就差點昏倒，無論再試幾遍也不見改善。威爾貝特揮灑自如的力量，在澪手上卻完全一籌莫展。

原因完全是自己能力不夠吧，畢竟——

……那個人的重力魔法也用得很好……

澪聽說過，她日前對戰現任魔王派時昏倒後，拉姆薩斯和迅一起化解了他們的危機；而拉姆薩斯也和澪一樣，以重力魔法一擊轟潰高階英靈，且能安然保持意識，表示那絕不是只有威爾貝特用得了的力量。只要找到方法，便能運用得隨心所欲。

「——澪妹妹呀，那種力量，恐怕不是兩、三天就有辦法駕馭的喲？」

在澪一臉悲悽地為自己的無能煩惱時，突然有個人看穿了她的心思般這麼說。抬頭一看，發現雪菈已在不覺之間站在她身旁。

「那種力量，是威爾貝特為了單方面保護妳這個唯一的女兒而託付給妳的；能不能自由運用，本來就不在他的考量之內。再說，威爾貝特是用得很好沒錯，不過拉姆薩斯可不是那麼回事喔。」

「咦……可是他……」

澪不禁質疑。

「那不是他原有的力量，只是單純知道發動理論，強迫自己使出來的；所以比起昏倒就沒事的妳，負擔大上很多很多……要是使用過度，甚至會危及生命喔。」

「真的嗎……？」

「真的。他雖然看起來沒事，但我看來，他只是在死撐而已。」

雪菈苦笑著說。

「從一開始，威爾貝特就不希望妳繼承魔王的位子嘛……所以他才會拜託信得過的部下，把妳帶到人界養大呀；在死前將力量過繼給妳，只是為了在死後也能保護妳度過危險。這雖然有點矛盾，不過那是他身為父親的堅持囉。」

雪菈像是逐漸憶起當年，目光投向遠方。

「那種力量就像是一種防衛機制，在妳遭遇生命危險或精神的負面負擔瀕臨極限的時候才會發動。既然有那麼強大的力量，當然會想用來幫助刃更弟弟或大家，這種心情我也不是不能體諒；可是妳不要一下子就把心思都放在那邊，現在先專心提昇自己的力量……或許妳會覺得這樣是繞遠路，但如果想真正使用威爾貝特的力量，我覺得那才是最短途徑喔。」

「………………」

雪菈的建言使澪又陷入沉默時——

「唔呼呼，就是說呀，澪大人～」

「呀！幹什……萬、萬理亞？」

突然被人從背後抱著襲胸的澪立即轉頭罵人，可是現行犯萬理亞完全不以為意，繼續一臉幸福地揉著她的胸。

「不要管威爾貝特大人的能力了，先想想怎麼加強您本身的長處吧。」

要知道——

「您就是常把時間花在這樣煩惱，或以為自己比其他人早一點和刃更哥結主從契約就偷閒打混，才會被胡桃和潔絲特後來居上。」

「妳、妳、妳沒憑沒據地亂說什麼啊……！」

萬理亞冷不防的炸彈宣言，嚇得胡桃水壺掉到地上，臉還愈來愈紅。

……萬、萬理亞怎麼會知道？

胡桃原本不認同刃更與潔絲特結下主從契約，在經過一段不可告人的親密接觸後，與他們培養出更深厚的感情。這件事，隔天早上趕來房間的澪、柚希和萬理亞也都知道；不過刃更和潔絲特都沒透露半點內容，胡桃當然就更別說了。

「後來居上……什麼意思？」

「…………胡桃，姊姊不會生氣，妳老實說清楚。」

先不提錯愕地問萬理亞的澪，柚希帶著沒有表情但充滿壓迫感的臉逼上來要求解釋，眼睛一點也不和善，非常恐怖。

「太遲鈍了吧。澪大人和柚希姊要被刃更哥弄到屈服以後才會加深主從關係，可是潔絲特剛結主從契約就主動做了很多事喔——用胸部或嘴巴服務刃更哥的男性器官之類的。」

聽萬理亞這麼說，澪和柚希都傻眼看向潔絲特。

「……很抱歉，雖然明知那是可恥之舉，我還是壓抑不了渴望服侍刃更主人的情緒。」

潔絲特坦率道歉，同時也默認了萬理亞所說的真是事實。

「當時的潔絲特妹妹，真是令人大飽眼福呢～」

第①章
面對自己的現實與真心

勸誘刃更與潔絲特結下主從契約、人也在事發現場共襄盛舉的雪菈感慨地這麼說之後——

「之前她和刃更先生一起替胡桃小姐解開心結的時候，表現得又更積極了呢。」

竟然連露綺亞也說出了似乎知道胡桃幾個做了什麼的話。

「……為、為什麼……？」

肇事的那件具有「催淫及魅惑」效果的薄紗睡衣，是雪菈給胡桃穿上的，自然是推測得了，不過萬理亞和露綺亞應該無從得知才對。這時，潔絲特像是想起了當時情境，紅著臉羞愧地說：

「讓您見笑了……我的技術還很差，沒有好好服侍刃更主人，真的很不好意思。」

提起這事的露綺亞輕輕搖頭。

「別這麼說。從家母播放的影片中，能看到妳一方面誘導依然不太順從的胡桃小姐，一方面又能讓刃更先生那麼盡興，表現得已經很好了。」

「不只喔，露綺亞姊姊大人，胡桃也表現得很好哇。除了嘴巴和手之外，她還因為胸部沒那麼厲害，就用最敏感的腋下夾著刃更哥說『快動嘛，刃更哥哥……♥』，根本是戳到萌的超級萌點啊！」

「妳在亂說什麼啊，笨蛋！不對，雪菈小姐，為什麼要給萬理亞她們看那種東西！」

知道自己的羞人模樣遭到洩漏，讓胡桃推開又逼上來的柚希，忘了偷拍影片的問題逼問雪菈。

「對不起嘛～因為露綺亞還沒原諒我溜進她房間的事，萬理亞也氣我逃跑的時候把她丟到露綺亞身上……除了拿妳的影片給他們看之外，我想不到其他能讓我們母女三人和好的方法。」

雪菈一點歉意也沒有地托腮這麼說之後——

「吵架以後大家一起看特選的情趣影片……是夢魔家庭修補感情的標準方式喔。」

萬理亞也有其母必有其女似的，驕傲地挺起胸。

「所以胡桃，為了讓我們母子以後發生摩擦時可以儘快和好，以後也拜託妳繼續提供刺激養眼的情趣影片。」

「說什麼傻話啊！怎麼可以讓妳們看！」

「哎呀？聽妳這麼說，是表示不否定會繼續跟刃更哥做色色的事囉？」

「這、這個……因為……」

胡桃朝露綺亞瞥一眼。與刃更和潔絲特共度春宵、使黑色元素覺醒後……露綺亞對元素做了些補充說明。這顆黑色元素，能吸收使用者的快感與興奮，轉化成魔力予以儲存，最適合能藉吸收快感與興奮提昇力量的夢魔使用，所以露綺亞才會持有它。當然，在元素已經覺醒的狀態下，胡桃不必多做什麼就能聯繫魔界精靈；不過，淫行可以提昇元素的活性化程度，加強魔法發動的威力。

換言之，不僅是刃更、澪、柚希和潔絲特四人，可藉屈服與服從強化主從關係以提昇戰鬥力，現況也鼓勵胡桃此後更積極地與刃更交歡；相較於夢魔萬理亞，能吸收自己或他人的快感與興奮強化戰力，胡桃則是由於黑色元素的特性，需要自己盡可能地達到那種狀態。

……可是。

野中胡桃並不排斥。她本身就希望刃更對待她，能像對待與他結了主從契約的柚希、澪和潔絲特一樣，也取得了刃更的承諾；縱然沒有魔法契約在身，東城刃更也已經是野中胡桃的主人了。

當胡桃如此告訴自己時——

「——哎呀呀，真傷腦筋。」

雪菈帶著笑意這麼說，使她抬頭查看。

「嗯……啊……！」「哈啊……嗯嗚……」

發現澪和柚希難受地不停嬌喘，身體也輕輕地扭動著。

野中柚希感到體內突然產生的酸甜感覺一口氣膨脹起來。

使她不禁腿軟跪地，露綺亞迅速扶住了她。

抬眼一看，眼前的澪也是同樣狀態，被萬理亞扶著。

……澪……

見到澪頸部浮現出顯著的項圈狀斑紋，柚希隨即理解發生了什麼事。自己與澪現在——

又陷入主從契約的詛咒所發動的催淫狀態。

「被那麼多好姑娘包圍著……刃更弟弟還真幸福呢。」

雪菈看著柚希幾個苦笑著說：

「幸福歸幸福，帶著這種危險到現任魔王派的大本營去，風險也未免太高了……現在正好能試試效果。來，妳們把這個吞下去。」

接著，將紅色的心形藥片塞進柚希和澪嘴裡。剎那間，一股甜味在柚希嘴裡漫開，藥片也如砂糖般快速溶解。

咕嚕一聲，飲盡藥片化成的甘甜液體後——

「咦——……」「不會吧……為什麼？」

柚希和澪同時發出疑惑的驚嘆。在體內膨脹的酸甜感覺消失了——可是項圈狀斑紋依然存在。在詛咒發動的情況下脫離催淫狀態，使柚希幾個滿眼驚訝地看向雪菈。

「那是能抑制主從契約詛咒效果的藥……因為妳們的詛咒是夢魔的催淫，我就依妳們各自的靈子構造，花了點功夫做出這些可以控制詛咒的藥。看樣子，藥效還不錯嘛。那麼潔絲特妹妹，妳也先吃藥吧……妳不想在那種情況下扯刃更弟弟的後腿吧。」

「是。感謝雪菈大人這麼為大家著想……」

看著潔絲特一接過藥片就毫不遲疑地服下，柚希不禁說出心裡的疑問。

「既然能做這種藥，為什麼之前都……？」

「這種藥，必須是我這樣的夢魔才做得出來，可是……要讓它確實發揮作用，妳們對刃更弟弟的忠誠度必須夠高才行。妳們都聽說過吧——」

雪菈繼續解釋：

「要解除主從契約的詛咒，基本上有兩個方法；一個是解除契約，另一個是將契約『誓約化』。對主人完全忠誠的屬下，絕不會做出任何背叛或愧對主人的事，詛咒便再也不會發動——妳們看。」

雪菈彈響手指，一面大鏡子跟著出現在柚希等人眼前。待柚希和澪在鏡中看清自己的模樣，以及各自頸部所浮現的斑紋顏色後，雪菈再說：

「由於每次變化的幅度都很小，所以妳們大概沒發現，但其實斑紋的顏色已經變得很紅囉？到了百分之百，就會是鮮紅色，表示妳們現在對刃更弟弟的忠誠度已經很接近那種程度了。那種藥，就是能暫時補足一些達成『誓約化』所需的量……潔絲特妹妹，妳站到她們旁邊去。」

「是……」

潔絲特點頭照辦後，就像是受到某種特殊魔法影響，即使詛咒沒發動，也在鏡中看見自己頸部浮現項圈上斑紋。

雪菈檢視過柚希等三人的斑紋顏色後說：

「嗯……妳們對刃更的忠誠度，由高到低應該是潔絲特妹妹、柚希妹妹、澪妹妹吧。」

「咦——……？」

聞言，澪在柚希身旁錯愕地叫了一聲。她是完全沒想到，最先與刃更締結主從契約的自己忠誠度會最低吧。

「不需要那麼在意啦，差距並沒有很大。」

雪菈安慰澪說：

「再說，忠誠度也是會受到個性影響的東西……或許妳們幾個，只是差在對刃更弟弟可以多坦率而已。」

「我、我又沒有……」

「好啦好啦。」雪菈搖手制止急著想抗議的澪。

「我不是說差距不大嗎，妳的忠誠度已經很高了……說不定還值得稱讚呢，能這麼致力於加深忠誠度的人其實不多喔。因為到達這種程度以後，雖然能將提昇戰鬥力的效果提昇得很高，可是在辨位能力上，反而會受到限制。」

「限制……？」

「妳結的是『主從契約』……從字面上的意義就想得通了吧？」

見到柚希皺深了眉，露綺亞解答道：

「主人當然有權掌握屬下的位置，不過以屬下的立場而言，並不適合只要動個念頭就能感測主人的位置……假如主人刃更先生不願洩漏，妳們就感測不到了。」

「怎麼這樣……」

雪菈對擔心起來的澪嘆口氣，又說：

「話說……真正要擔心的，恐怕是在這麼短的時間內，讓妳們服從到這種地步的刃更弟弟吧，以後還不曉得會怎樣呢。繼續這樣下去，說不定——」

「？說不定會怎樣？」

柚希依言反問。

「…………算了，沒什麼。應該是我想太多了。」

接著，雪菈溫柔地微笑起來。

「……放心啦，胡桃妹妹。」

並對不知這樣青著臉多久了的胡桃說：

「澪和柚希會的詛咒會發動，並不是因為嫉妒妳的緣故。她們是對自己沒有好好服侍刃更，覺得懊悔自責才會那樣的。」

「…………」

這番話，讓胡桃忽然腰腿發軟，一屁股跌坐在地。柚希看著雪菈輕撫胡桃的頭，心想，她說的的確是事實。

柚希會引發主從契約的詛咒，不是對胡桃感到嫉妒或不滿，而澪想必也是如此。

然而，就在柚希也想說些話安撫胡桃，讓她起來時——

奧朵拉森林傳來巨大的爆炸聲及撞擊聲。

同樣忙著特訓的刃更與迅，應就在那個位置。

因此——接下來的動作全在霎時間完成。

「————！」

胡桃發動的精靈魔法使柚希等人化為疾風穿越長空，一轉眼就離開維爾達城中庭，降落在奧朵拉森林入口。不過，在她們就此衝進森林前，有道人影先一步現身了。

是迅。肩上扛的刃更動也不動，似乎已經昏迷。

「幫我給他療療傷……雖然我已經手下留情，不過還是不小心逼得太緊了。」

迅對呆立的柚希幾個這麼說後，擠出滿臉苦笑。

迅從懷裡掏出菸來點火，看著那群女生急忙為刃更治療。

「——刃更弟弟這樣有趕上嗎？」

雪菈來到他身旁，輕聲問道。

「大概吧……差點就沒命了。」

迅說出如此耐人尋味的話後，向虛空吐出滿腔紫煙。

「呵呵……你說誰呀？」

於是，雪菈帶著已有答案的笑容，望向迅的來處。

刃更與迅的特訓，在那裡刻下了巨大爪痕。

奧朵拉森林的部分巨木與大地，被深深轟出一大塊扇形的空白——仍未散盡的漫天煙塵，正不容質疑地熱訴那衝擊是多麼地劇烈。

3

刃更在迅的特訓中昏厥後，直到入夜之後才清醒。
發現自己是躺在穩健派分配的那間客房床上後——
「喲……你醒啦？」
突然有人對他說話。轉頭看去，只見迅在窗邊抽菸，表情平和地看著他。
「老爸……呃——！」
刃更猛然坐起，遍布全身的劇痛頓時扭曲他的五官。
「你的傷才剛處理好，不要勉強……替你治療的侍女說，你需要暫時靜養。」
「暫時靜養……？那麼，該不會……！」
「別緊張，到現任魔王派的城之前，你就會恢復了。」
說完，迅忽然收起苦笑，表情嚴肅起來。
「我問你……你還記得最後那個嗎？」
這問題，使刃更想起與迅練到最後，自己放出的那一擊。

「…………嗯，應該記得。」

並在喃喃這麼說之後，低頭注視右手。

當時——刃更倉促之間放出的斬擊，將奧朵拉森林轟掉了一大塊。一般而言，速度型的刃更是無法使出威力如此巨大的攻擊才對。

「那麼，你就要好好記住那個感覺，然後在心中不斷回想，讓你下一次能夠主動使出來。在緊要關頭，可不能把性命賭在僥倖使出的招式上啊。」

「我知道……可是，那到底……」

「那個啊，是你的『無次元的執行』的潛力之一……原本你這一招，只會在反擊時發動，以完全消除或不完全地打散的方式消滅目標；不過那個還進一步地放出消滅能量，將反擊轉為攻擊。」

「放出消滅能量……呃，不會吧！」

迅眼神沉靜地對整個人都傻了的刃更說：

「沒錯……那和『村落』那場悲劇上，你力量失控的原理很類似。」

「！——」

一明白這話是什麼意思，刃更的心跳就猛然狂飆，使他痛苦地緊按胸口。

心臟彷彿受到捆絞般的痛苦，想吸氣也吸不了半口，視野歪曲。

五年前那一天、那一刻的光景，在腦中鮮明地重演。

隨回憶播放到最後，刃更的意識也漸漸被過去所困——

「——刃更！」

迅一把抓住刃更的肩大聲呼喊，強行將他拉回現實。

待刃更赫然回神，兩眼從過去回到眼前後，迅輕聲引導：

「冷靜，先慢慢呼吸……可以吧？」

「唔……可以……」

刃更點個頭並淺淺呼吸，緩慢地加深、加長，直到能夠深呼吸後，總算恢復鎮定。

「你還在為那件事自責，要你做這種事是有點殘酷，不過……」

迅的掛慮之詞，使刃更搖頭說：

「這是我自己要面對和承受的問題……不能略過不理。言歸正傳，在你看來，我跟現任魔王……那個叫雷歐哈特的打起來，如果不用出那時候的力量，真的打不下去嗎？」

「也不是，不能這麼說。」

迅回答：

「到現在，你為那件事後悔了五年，讓表層意識開始抑制力量，深層意識又設了上限；剛才還能釋放那種力量，是布倫希爾德替你解除了那些限制的緣故。」

「布倫希爾德……？」

「是啊。可是，你雖然把布倫希爾德當作武器，同時心裡某個角落卻很避諱它……因為那場悲劇是布倫希爾德被拔出來而引起的。」

「…………」

刃更默認了迅挑出的問題。

「村落」當初是以毒攻毒——由邪精靈化成的魔劍布倫希爾德封印太古邪精靈，不料遭人擅自拔出，導致了那場悲劇。

「魔劍之類的附魔武器，比靈刀靈劍那種聖屬性的附神武器難駕馭很多。如果太遷就於武器本身的意志，精神很容易受到干擾，反而被武器侵蝕。」

迅繼續解釋：

「而你至今對布倫希爾德的避諱，正好也防止了魔劍的侵蝕……但相對地，那也限制了布倫希爾德的力量。」

懂嗎？

「說穿了，現在的你給自己下了三個限制……不過白天被逼到攸關生死的絕境，再也顧不得對布倫希爾德的避諱，力量就爆發出來了。要和那個雷歐哈特較量，至少也得解除一個限制，最好是兩個，否則機會真的不大。」

「…………這樣啊。」

迅的評估，使刃更吐出的答覆自然地陰沉下來。

要保護澪，就非得戰勝雷歐哈特不可。然而，刃更不認為自己點個頭就能走出五年前的悲劇——那場不可饒恕的痛苦過去，更不認為自己應該那麼做。內心的揪結使他低下頭，默默握緊右手。這時，迅語帶玄機地說：

「別那麼悲觀嘛……沒人說你一定得在這次決鬥上打贏雷歐哈特才行啊。」

「？什麼意思？」

「問題在於你最後目標是定在哪裡。魔界的勢力鬥爭已持續不知多少年，早就盤根錯節，簡直是個無底沼澤；可是你們的目標，無非是結束目前這個澪被當成政治工具的狀況吧。要是用太粗淺的方式戰勝現任魔王派，穩健派裡推澪當繼任魔王的聲勢恐怕會更高。」

不過——

「要是輸了，也不保證能全身而退；就算能保住一條命，『前任魔王之女』的頭銜永遠會是個禍端。現任魔王派就算只是討個心安，也一定會追殺她到天涯海角。」

「那麼……你要我想辦法跟現任魔王派打成平手嗎？」

刃更將迅的話咀嚼幾次後，試著猜想其言下之意，不過——

「倒也不是那樣……打成平手，對穩健派和現任魔王派的對立局勢不會造成任何變動；

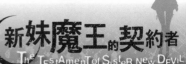

現任魔王派一樣會繼續追殺澪，穩健派還是會要她當下任魔王。聽好──」

迅接著做出總結：

「也就是說……你們目標的終點，應該要放在穩健派與現任魔王派的勝負之外的層面，知道嗎？」

「我懂你的意思……可是，這到底要怎麼……」

不能單純打贏，輸也輸不得，平手又沒意義──必須要找一個高明的勝利方式，斬斷現任魔王派對澪的遺恨，而且對方戰力還在自己之上。刃更實在不認為，如此兩全其美的方法真的存在。見到他表情凝重，迅笑著說：

「別擔心啦……我有辦法。至少，我現在就想到了幾個。」

「！──真的嗎，老爸！」

刃更驚訝得忍不住大聲問道。

「真的……不過對方也有對方的盤算，兩相揪結之下，事情不可能都順我們的意；太追求完美，只會掐住自己的脖子，自己注意。要提高成功率的話，至少得和雷歐哈特打成平手，而我是希望你能把他逼到絕境啦。」

「我把雷歐哈特……」

迅都說過除非能解除一、兩個給自己下的限制，否則機會渺茫，自己真的辦得到這種事嗎？這時——

「其實……你還有個緊要關頭能用的保險。」

「保險？我有什麼保險……」

迅這句費解的話，又讓刃更摸不著頭腦。

「只是這很可能會轉移問題的焦點，我是盡量不想用啦……可是讓你在完全沒有王牌能打的狀況下出戰，精神太緊繃又容易沒命……不管了，看樣子也沒別的選擇。」

「是怎樣……老爸你今天怎麼這麼愛賣關子啊？別說現在這張王牌，剛說的辦法都還沒提過半個字耶。」

「那倒是……但在告訴你保險是什麼東西、要怎樣才能打贏之前，有件事必須先跟你說清楚。其實我是想晚一點再說出來……畢竟那牽扯得很多很複雜，不過呢……事到如今，是有必要把能講的部分，在這裡說先說清楚了。」

「…………到底是什麼事？」

迅為之苦笑，對疑惑的刃更開了口。

彷彿即將透露不為人知的祕密。

「其實啊……那跟你老媽有關。」

第2章 思慮與慾望的纏縫間

1

幾天後——刃更等穩健派主要代表的頭陣成員先行出發，前往現任魔王派指定的決戰地點。

成員共為刃更、澪、柚希、萬理亞、胡桃、潔絲特等六人。由於無法確定轉移魔法的開口會出現在哪裡，風險太高，刃更等人便選擇以馬車循陸路移動。

然而，在戰爭狀態下沿一般陸路前往敵方領地，途中危險難料；為眾人解決這個問題的，是精靈魔術師胡桃。

露綺亞交給胡桃，幫助她與魔界精靈取得聯繫的黑色元素——宿含高階精靈的部分靈子體，具有強效護祐；且胡桃日前與潔絲特結下穩固信賴，並誠實面對心中感情與糾葛後，已能將它運用自如。

「——交給我吧。我請精靈幫我們找找看安全的路線。」

胡桃透過黑色元素與精靈溝通後，他們立刻答應胡桃的請求，準備了一條不易遇襲的路徑。精靈在他們所在的次元夾縫中——建構了一條無法由外部干預的獨立路線，直達現任魔王派根據地所在的倫德瓦爾領地邊境。拜這條精靈通道所賜，刃更平安地在決戰日前兩天抵達目的地。

「士兵也太多了吧……」「……是啊。」

從不停前進的車窗窺見倫德瓦爾城周邊市容後，澪不由得緊張地這麼說，鄰座的刃更隨之附和。

乘載刃更等人的馬車所經過的大道上，數不盡的現任魔王派士兵挾道列隊，氣勢恢宏；士兵另一頭的大群圍觀民眾，也許是由於現任魔王派性質不同，獸人及異形魔族比例高出維爾達許多。

看這陣仗，彷彿城中正舉行某種盛大遊行，不過投向馬車的視線全都是屬於敵方陣營。若是為了先挫穩健派的銳氣，那麼在進入雷歐哈特所在的王城之前，這隊列和群眾恐怕是不會斷了。

「要是外面那些人同時殺過來，怎麼受得了啊……」

萬理亞看得整顆心都沉了。

「就是啊……不過，不用擔心那種事。」

第2章
思慮與慾望的纏縫間

刃更回答。進入敵方根據地，當然是得考慮萬理亞所說的狀況並多方準備，但八成不至於發生那種事。

刃更一行人是接受雷歐哈特的建議，來到這裡進行決戰；因此進入這倫德瓦爾領地之後，便一路在雷歐哈特直轄的王城禁衛隊嚴密監護下趕赴王城。倘若決戰之前，刃更幾個在倫德瓦爾領地內出了事，現任魔王派雖有利益可言，提出這場決戰的雷歐哈特卻將因此顏面掃地，應會設法避免。

……他的展望，應該也放在決戰之後吧。

若雷歐哈特企圖利用這場決戰壯大凝聚力，就必須親自戰勝刃更等人；所以真正該提防的是在路上遭受不明襲擊，進入倫德瓦爾領地，安全反而受到保障。

——這時，圍觀群眾逐漸減少，士兵數量開始增加。

那表示目的地就要到了——馬車果然在不久後停下，潔絲特從駕駛座進入車廂，說：

「——刃更主人，我們到了。」「好……我們走。」

大夥跟著對刃更點個頭，一一下了馬車。

車外就是雷歐哈特所坐鎮的倫德瓦爾城——正門。

一名青年魔族，正候在一旁的士兵隊列前，代表此地迎接他們。

雖然他僅僅是佇立不動——

……好強，不是普通地強……

刃更也能感覺到，眼前這魔族位階極高。

「穩健派的各位貴賓……歡迎蒞臨倫德瓦爾城。」

青年魔族對他們優雅地笑道：

「我是雷歐哈特陛下的首席輔政官巴爾弗雷亞，幸會。」

接著——

「拉姆薩斯閣下……是稍後才會抵達吧？」

「對。」刃更對巴爾弗雷亞語帶確信的疑問表示肯定。

「他身為穩健派首領，當然是不反對雙方代表一決雌雄……較晚出發，是因為想盡量縮短維爾達城放空的時間。」

「我明白了……確實是合情合理。其實，各位願意在決戰前兩天就進城，還讓我們比較意外呢。」

「因為我和某些人，需要在決戰前盡量熟悉這個地區的魔素和精靈嘛……關於需要提早請你們準備的事，應該事先通知過了，沒問題吧？」

「是的，當然沒問題……那麼各位，請隨我來。」

這麼說完，巴爾弗雷亞就領著眾人步入城內。

第 2 章

思慮與慾望的纏縫間

刃更一行人，就這麼跟隨巴爾弗雷亞走過鋪上紅毯的綿長走廊。

城內只有必要的守衛，與城外大不相同。

「外面那些好像用來嚇人的兵，到城裡就不見了耶。」

「……嗯。」

柚希輕聲附和胡桃的感想後，走在前頭的巴爾弗雷亞苦笑著說：

「真不好意思……讓各位見笑了。那些士兵，並不是為了威嚇各位而安排的，還請各位諒解。」

畢竟——

「城內雖然在我們的監控之下，到了城外可就是兩回事了，難保不會有些鼠輩混入群眾，對各位不利。」

「嗯……我知道。」

刃更點頭回答，接著兩眼一瞇，凝視走廊另一端，低聲說：

「……看來，來接我們的不只你一個呢。」

澪與其他成員，也隨即與刃更有同樣的感覺。

還看不見人——但是刃更幾個腳下這走廊的遠處，無疑有某個人在等待他們；昭烈的氣場化為存在感，向依然遠離的他們宣告其位置。這時，巴爾弗雷亞回頭說：

「那當然。各位遠道而來，這是應盡的禮數——我們的統帥，無論如何都要親自接見各位呢。」

語畢，刃更等人正好踏入一處開闊的空間。

那是樓高地廣，拱頂布滿優美壁畫的巨大廳堂。

在那裡——有個青年兀然而立。年紀輕輕，就全身充滿不負那威嚴服飾的壓倒性強大氣場，以及源自深厚自信的從容風範。

不必介紹便能看出——眼前這個人就是年輕的魔王雷歐哈特。

「妳來啦……威爾貝特的女兒，成瀨澪。」

他炯明的雙眼注視過來，口中送出厚實有力的聲音。刃更身旁的澪隨之回答：

「是啊，我來了……你就是現任魔王雷歐哈特吧。」

澪沒被對方的氣勢壓倒，尖銳地瞪視雷歐哈特。

「終於見到你了……」

聽似感慨萬千的低語底下，交摻著確切的怒意。

「真謝謝你長久以來的照顧啊……我就是來把債一次還給你的。」

第②章
思慮與慾望的纏縫間

說著，澪以身上冉冉升起的紅色氣場，向雷歐哈特施壓。

「……很高興妳戰意這麼高昂。」

雷歐哈特正面接受了澪的敵意，接著將視線掃向刃更。

「你就是東城迅的兒子吧……」

「……是啊。」

刃更低聲予以肯定後，雷歐哈特稍稍皺眉問：

「他沒與你們同行，是想和拉姆薩斯一樣晚點再來嗎？」

「不知道……他只說他不打算參加這場決戰。」

刃更答道：

「其實，我也不曉得老爸到底在想些什麼。」

「……是嗎。原以為我們能繼續那場中斷的對決呢……」

「──我們不夠看嗎？」

刃更並不氣憤。為了提昇團隊鬥志，他還希望雷歐哈特能說些輕蔑的話。然而──

「並不會……我從拉斯和加爾多那聽說過你們的能力，全都是適當的對手。」

這年輕魔王沒有一絲疏忽大意。

……看樣子，他比想像中還難搞啊……

當刃更冷靜地將預想中的勝算下修至更嚴苛的數字時——

「喔？——想不到我這時候進城，還真是挑對時間了呢。」

忽然有道乾啞的聲音落入廳堂。

不知何時，通往二樓的大樓梯轉折處，多了個魔族。

「！——」「…………」

胡桃為之抽氣，潔絲特也面色凝重，使氣氛緊張起來。

那是個擁有四條手臂、頭長獸角，形如骷髏的異形魔族。

……這傢伙……！

刃更也不禁吞吞口水。視線彼端的魔族，具有與雷歐哈特不同——不只，與至今見過的所有魔族都不同的根本性差異。他釋放著淤濁至極的危險存在感，彷彿深不可測的深邃黑暗，不由分說地令人感到莫名的本能性威脅與恐懼，使刃更等人一時間無法動彈。

「貝爾費格……」

雷歐哈特表情僵硬地叫喚那魔族，讓刃更他們得知站在那裡的高階魔族，就是等同魔界地下帝王的人物。

第2章
思慮與慾望的纏縫間

隨後——

「我也真是的……怎麼居高臨下和陛下說話，抱歉啊。」

貝爾費格毫無歉意地這麼說之後，緩緩步下梯級，身上的濃厚香水味隨之飄送而來。

「最近煩勞陛下再三傳喚，可是我實在走不開，真的很不好意思。在佐基爾閣下那個遊樂場管教那些女人，讓我有點太投入了。」

「————」

當他提及眾人曾經對戰的高階魔族時，與佐基爾關係匪淺的澪、萬理亞和潔絲特，由於曾陷於距離遭其殘害只差一步的處境，馬上就繃緊了臉。也許是發覺貝爾費格也在幹和佐基爾同樣的勾當，澪等人的敵意視線中夾雜了憎惡，然而貝爾費格完全不為所動，繼續說：

「我都聽說了……我們和穩健派的決戰，要以各派代表決鬥的方式進行，是吧？」

「沒錯……如你所見，他們就是穩健派的代表團隊，將與我們於後天交戰。這是我和拉姆薩斯……兩個勢力的首領共同決定的事。」

雷歐哈特斷然說道：

「你是樞機院之首，本來這件事是該徵詢你的意見；可是很不巧，我怎麼也聯絡不上你……只好自作主張，和樞機院其他人談妥之後就這麼做了。」

「我明白了，原來是這樣……」

貝爾費格立刻把握狀況般笑著說：

「嗯……這樣做，其實也不錯嘛。」

「…………這表示，你也不反對嗎？」

雷歐哈特似乎沒料到他會如此答覆，皺起了眉。

「是啊。既然要打倒死抓著威爾貝特這昔日榮光的穩健派，讓魔界全土認同陛下是主宰這世界的新魔王，親自戰勝他們應該最有效吧。」

「………………」

貝爾費格的話使得雷歐哈特無言以對。這段發生在刃更眼前的對話，表示他們的關係絕對稱不上好。

……和老爸說的一樣。

刃更回想起特訓當晚，迅對他說過的話。現任魔王派目前並不團結，一部分擁戴雷歐哈特等年輕世代，一部分支持貝爾費格等歷史悠久的樞機院。這下能夠確定——單純在這場決戰中打倒雷歐哈特，解決不了任何問題。若要終止魔族繼續無視澪的意願任意利用她、摧毀他們的自私算計和汙穢慾望，除了斬草除根，別無他法。

當刃更再加深一層決心時，貝爾費格的視線從雷歐哈特轉到了刃更幾個身上，使他們霎時提高警戒，準備隨時反應。

第2章 思慮與慾望的纏縫間

「各位幸會……我是在政治面上輔助雷歐哈特陛下的樞機院議長，貝爾費格。」

說到這裡，貝爾費格的笑容驟然變得險惡。

「聽說前次大戰中敵對的威爾貝特和迅．東城兩大豪傑的孩子，居然以兄妹互稱時，我還嚇了一跳呢……不過這下我就懂了。確實是男的俊、女的俏啊。」

彷彿在打量些什麼的視線，黏呼呼地在全身上下爬動，讓刃更幾個不禁寒毛倒豎。

「陛下。決鬥的事，我是明白了……不過細則方面，能請陛下多說明一些嗎？」

然而貝爾費格沒有進一步動作，這麼說之後就慢慢轉向雷歐哈特。

「例如對戰的方式，以及擂台該怎麼設置等等──找個地方慢慢地談。」

「…………可以。」

聞言，雷歐哈特對貝爾費格表示同意。

接著這年輕魔王翻動飄逸的長斗篷轉過身去，再朝刃更幾個回頭。

「離決戰還有一點時間……各位雖是直接穿越安全的境界次元而來，坐了那麼久的車難免有些勞頓，先好好養精蓄銳吧。」

最後留下這麼一句話。

「──下次再見，就是決戰擂台了。」

2

雷歐哈特與貝爾費格離去後。

刃更一行人在巴爾弗雷亞的帶領下，繼續在長得走不完的走廊前進。

有段路側邊敞開，外頭是遍布噴水池與果樹的巨大庭園。

「——請往這邊走。」

巴爾弗雷亞跟著離開走廊，踏入庭園。

這裡似乎是中庭。大夥兒一面由此推量倫德瓦爾城與周邊庭園的大小，一面跟隨巴爾弗雷亞前進。不久，庭中出現看似歇腳處的石砌區位；有個人斜倚石柱，靜靜等著他們。

那是，日前在維爾達城通知刃更等人雷歐哈特有邀的青年——瀧川八尋。

他臉上掛著笑容，輕抬一手說：

「嗨，小刃，你來得還真早……不覺得有點太急了嗎？」

「瀧川……」

見到他，使刃更繃起了臉。

第 2 章

思慮與慾望的纏縫間

——刃更與瀧川暗中結下的合作關係，過去具有殺手鐧的功效。

但如今，刃更不再確定那是否仍有作用。

之前——瀧川入侵維爾達城撂倒牢房守衛，將穩健派俘虜的高階魔族加爾多救了回去；刃更幾個無力回天，只能眼看他得逞。

瀧川是穩健派送入現任魔王派的臥底。由他的立場設想，的確是常有不得不聽從對方命令的時候。

……可是。

當時，瀧川還扮演信使的角色，告知這次雷歐哈特所提的決戰方式。

決戰，意即那可能會是穩健派與現任魔王派的最後一場戰鬥。若瀧川是站在穩健派這邊，就不該將容易造成後患的加爾多帶回現任魔王派，而是在那當下結束臥底任務，返回穩健派比較好吧。

然而瀧川並沒有那麼做。在加爾多被劫後，拉姆薩斯等穩健派高層並未通知瀧川結束臥底任務；然而他已不再繳交定期報告，甚至無法聯絡。

……他是打算單獨臥底到最後一刻嗎？

那麼，他在這時與雷歐哈特的副官巴爾弗雷亞接觸又是什麼用意？猜不透瀧川的心思，使刃更幾個一語不發，面露警戒；最後是巴爾弗雷亞替他們開口，以責難口吻對瀧川說：

「拉斯……我不是請你這次盡量少和穩健派的來賓接觸嗎？」

接著插了一聲嘆息。

「即使你是大戰上的戰友，立場還是很微妙……再繼續玩這種雙面諜的遊戲，會讓人很為難的。」

「！——」

一聽巴爾弗雷亞這麼說，刃更幾個的表情從緊繃成了凝重。

說這樣的話，表示他完全知道瀧川是穩健派送來的臥底。

然而，巴爾弗雷亞的話並未就此結束。

「別忘了……你有瞞著我們和穩健派，和那位來賓暗中聯手收拾佐基爾的前科啊。」

他接著說出的，是刃更與瀧川所結下，並聯手完成的最大密約。

「而且……你不是還讓他看你斷了佐基爾最後一口氣嗎？」

『——！』

「…………」

得知真相，使澪等人錯愕地看來，可是現在的刃更無法回答她們。事到如今，刃更當然是欠她們一個解釋；不過現在，巴爾弗雷亞知道刃更與瀧川的密約，問題更大。他知道了，表示雷歐哈特多半也曉得。他們明知如此……不，說不定他們就是因為這件事才真正接受瀧川，將他留在這現任魔王派的城——

「這次決戰上，還需要你代表我方出戰呢，拜託你早點認清自己的立場。」

就在刃更想像這種可能時，巴爾弗雷亞終於說出決定狀況的話。對此，瀧川聳聳肩無奈地說：

「這我是知道啦……可是我本來就待在這裡，是你自己帶他們過來的耶，怎麼能說成我接觸他們呢？」

「我不是事先告訴過你，他們的住處安排在哪裡了嗎？你也不是不知道，跑到這附近來等人很容易惹人猜疑吧？」

巴爾弗雷亞頭痛地說。看著兩人老朋友般如此對話，澪等人的凝重表情始終不變。

「…………」

只有刃更一人，雙眼靜靜地降溫，直至冰冷。

——瀧川未必已經歸降現任魔王派。

如果是，就沒必要像這樣和刃更等人接觸。再說，刻意在巴爾弗雷亞眼前做這種事，只會徒增遭受懷疑的風險，沒有意義。

可是，也無法保證他是否已經背叛。

殺佐基爾報仇，是瀧川八尋——這名叫拉斯的青年最大的行動目標。問題在於……若不是威爾貝特指派拉斯視同兄姊的人成為澪的養父母，他也不需要報這個仇。

可以解釋為，穩健派害死了瀧川極為重視的人物。

……諾耶還拜託我照顧這傢伙，怎麼辦。

諾耶和瀧川從小在同一所孤兒院一起長大，如今也對瀧川深信不移。「拉斯一定有他自己的考量！」「所以，求求你讓他活著回來！」還曾滿面悲愴地，對刃更如此低頭懇求。

刃更能體諒她的心情，本身也希望繼續與瀧川保持合作關係。

無論是感情上……還是戰略上的考量。然而不安定要素總不能當作指標，否則在緊要關頭闖進死胡同可就後悔莫及了，非得避免不可。

……說不定。

在澪的養父母遇害時，瀧川心中對穩健派的忠義心與歸屬感也隨之消散……到了已對佐基爾復仇雪恨的現在，他在昔日戰友雷歐哈特所追求的未來看見了希望，選擇離開間接害死他所愛之人的穩健派。

在刃更如此猜想瀧川的心思時——

「對不起啦。我是知道地點在哪，可是抵達時間畢竟是浮動的嘛……考慮到安全問題，這些穩健派的人待在這座城的時間當然是愈短愈好。雖然他們是先過來的，不過我還以為他們最快也要明天才到，不好意思囉。」

瀧川投降似的對巴爾弗雷亞道歉後，視線終於轉向刃更等人。

「所以，就是這樣……後天的決戰，還請各位手下留情啊。」

瀧川說完轉身就走，而刃更等人只能默默目送他離去。

既然瀧川為敵方站台，必定是個棘手的阻礙。

能放寬心對如此強敵說的話，恐怕是一句也沒有。

3

刃更等人最後被帶到的，是坐落在廣大中庭內的客館。

館內空間極為充裕，六個人住都嫌大；有一座大客廳和許多寢室，廚房已備好豐富食材；更衣間設置了具洗衣乾衣功能的魔導器，浴室裡各種日用品一項不缺；可供眾人舒適生活的設備，在這裡應有盡有。

「……可以了，應該沒事。」

為安全起見，胡桃藉精靈魔法檢查館內及食材是否有可疑之處，所幸沒有發現任何問題。現任魔王派的規模，無疑比穩健派大上太多，也是現在魔界最大勢力；而雷歐哈特身為統治這勢力的魔王，是拿出了恰如其分的氣度來款待勇闖敵陣的刃更等人吧。

檢查過後，刃更等人先聚在客廳開場小會。

「真想不到，還以為他們會多少找點麻煩呢……」

潔絲特實際將這疑問說出口後，刃更說出自己的看法。

「這是現任魔王的自尊吧。表示他不需要任何小動作就能戰勝我們。」

這不僅是雷歐哈特的面子問題，像這樣展現氣度，也是王者的必要風範。然而，他似乎沒慷慨到給予自由外出的權力，安排了兩名侍女在客館外待命。雖然她們說過，假如有任何缺漏或需要協助，隨時聽候差遣；但說穿了，就是來監視的吧。

……而且。

從之前雷歐哈特與貝爾費格的對話，可見樞機院的影響力確實是相當龐大。若不顧這樣的狀況，在戰前要把戲而贏得決戰，雷歐哈特在現任魔王派的聲勢不可能上漲。目前，貝爾費格對這場決戰仍不甚明瞭。雷歐哈特打的算盤，是藉由盡可能削減樞機院插手餘地的決戰方式了結兩派紛爭，將容易倒向樞機院的民心拉向自己吧。那麼，說不定——

「對他來說……和我們打這場決戰，很可是他整治樞機院的一步棋。」

原以為，雷歐哈特企圖取得澪繼承自最強魔王威爾貝特的力量，是為了藉此穩固他身為現任魔王應有的凝聚力與影響力……然而這只是過程，真正的目標是樞機院。

第②章
思慮與慾望的纏縫間

……這麼一來，還真是可惜啊……

假如能早點得知雷歐哈特的目的，就有機會趁與瀧川聯手時直接——而且是在沒有任何局外人的狀況下——與雷歐哈特對話。

說不定——還有與他並肩作戰的路可走。畢竟刃更等人的目的，只是幫助澪脫離魔界政治角力的束縛而已。

……不。

想太多，那是不可能的。現在的雷歐哈特，已決定藉戰勝刃更等人對內外宣揚自己的絕對威勢，削減樞機院的影響力……或許，他根本就是打算消滅樞機院。而且事到如今，要怎麼和他聯手？

刃更與澪邂逅時——她的養父母已遭到佐基爾殺害。從那一刻起，一切都已經太遲……無論如何，兩派都免不了一戰。

——大家的相遇和境遇，都是建立在各自的悲劇或痛苦上。

刃更也是經過五年前的悲劇、遭到逐出「村落」，才能夠認識澪。當然，在腦袋裡回溯時光，想像自己避開一切悲劇或後悔的人生，是很簡單的；每個人都能因此享有幸福地生活、認識他人、培養彼此關係的未來吧。

但是——在場所有人，都只存在於這個現在。

現況就是，大家都經歷過幾乎心碎的悲劇，在滿懷痛苦的狀況下相遇，且已經沒有退路。儘管如此，大家仍不停將手伸向自己抓得住的至善境地，並於此時此刻，一同站在這裡。如此建立起的情感，雖然不完全是幸福……但能夠斷定，那絕不是能輕易捨棄的東西。

所以，這次也一定要集合大家的力量，度過難關——當刃更這麼想時，發覺澪一語不發地注視著他，便問：

「……怎麼啦？」

「……之前那個人說的話，是真的嗎？」

澪抬起沾染不安的眼，將話問出口。

「瀧川殺死佐基爾的時候……你也在現場嗎？」

成瀨澪見到自己的疑問，為房內帶來寂靜。

——刃更與瀧川暗中聯手的事，澪和其他人都知道。

討伐佐基爾時，刃更就是透過瀧川的幫助才得以潛入佐基爾的藏身處並救出雪菈。事後，兩名當事者都曾對此說明。

……而且。

在說明時，澪幾個也得知，她們再也不會受到佐基爾的威脅。

刃更和雪菈，沒提過誰殺了佐基爾等細節；但從他們的敘述中，可以推知是瀧川或穩健派人士下的手。

於是，澪幾個沒有繼續追問。因為當時，澪對佐基爾的憎恨爆發時，刃更對她說——別再讓佐基爾那種人的陰影糾纏下去。

這對萬理亞和潔絲特也是一樣……所以，澪幾個知道佐基爾喪命後，就當作事情已經結束。

……可是。

怎麼也沒想到——刃更也現場見證了佐基爾的死。

澪為尋求真相所說出的疑問……也是其他人心中共通的問題吧。刃更在眾人目光注射下神情凝重，唇抿成一線。

這樣的沉默，要直接當作承認也幾乎無所謂了。不久——

「…………對，那是真的。」

刃更清清楚楚地，承認他隱瞞澪等人至今的事實。與佐基爾關係最深的三人——澪、萬理亞和潔絲特，都不禁為此倒抽口氣，全身緊繃。

「——刃更，你為什麼要那麼做？」

柚希替開不了口的三人這麼問後，刃更口氣沉重地回答：

「我無論如何，都不希望澪因為復仇而弄髒自己的手，一輩子都活在那種人的陰影下；不過，就我自己的感情而言……我還是是饒不了那傢伙。」

刃更用力握起右手，垂下的雙眼變得陰暗。

「我知道自己阻止澪還說這種話，很自私……可是他為了澪而殺了澪的養父母，還抓了雪菈當人質，讓萬理亞痛苦了很久；最後又否定潔絲特的存在和她的付出，隨隨便便就想殺了她。假如讓他活下去，一定又會傷害我關心的人……」

刃更的語氣逐漸充斥明確的力量。來源，是名為憤怒的情緒。

「我絕不允許再發生那種事……所以我和瀧川交涉時，提了一個條件——佐基爾讓他來殺，可是我也必須在場，親眼看著他斷氣。」

「刃更……」

得知真相，讓澪懷著驚訝低語他的名字。她明白，刃更重視每一個人，也知道他的心念非常堅定；做那樣的事，肯定是完全為了她們，不會有二心。不過，她還是第一次見到，刃更如此露骨地表現個人感情所導致的憤怒。那是澪等人所不知的，東城刃更私底下的另一面。目睹怒氣洶洶的他，使澪感到一絲恐懼，同時——

……他竟然為了我們這麼生氣。

第2章
思慮與慾望的纏縫間

一這麼想，更為猛烈的憐惜——害刃更為她所苦的不捨就急湧而上，心口怦然一震，說不出話。

「瞞了這麼久……我對不起妳們。」

因此，見到刃更認真地低頭道歉時，澪再也無法克制。

她將刃更的頭輕輕抱進胸懷裡，說：

「不要道歉……對不起喔，讓你一個人背那麼多責任。」

成瀨澪想知道的——已經夠了。相信其他人也是如此。

所以，澪說出了那句話。

「拜託，刃更……我們開始吧。」

「澪……呃，可是——」

澪的懇願，讓她懷中的刃更先是訝異，接著摻雜些許疑惑地問：

「不先吃飯洗澡，消除路上的疲勞以後再來嗎……？」

萬理亞代替大家發言似的，對掃視眾人的刃更說：

「不用。我們現在情緒都很高昂……沒有比現在更適合的時候了；吃飯洗澡睡覺，都是之後可以慢慢來的事。趁我們情緒還沒冷下來，就這樣直接開始吧。」

「…………！」

聽了萬理亞的話，胡桃滿臉通紅地吞吞口水。她十分明白萬理亞的意思。澪的臉也已經燙得自己都感覺得到，不僅如此，全身也火熱難耐。左右看看，柚希和潔絲特也都是雙頰殷紅、眼神迷茫。

那是——知道自己接下來會受到何種對待的，少女的臉。

來到倫德瓦爾城前，澪幾個曾為決戰雷歐哈特陣營，在維爾達城接受雪菈及露綺亞的督導，刃更也接受了迅的種種特訓。

然而在來到現任魔王的根據地後，到處都是敵人的耳目，再也不能實地測試彼此是否能成功搭配。每個人的能力或戰術都必須保密，絕不能讓對方知道。

……可是。

為了戰勝雷歐哈特，澪幾個還有戰鬥以外的事能做。

因主從契約成為主人的刃更、成為部下澪、柚希、潔絲特三人。

以及能藉吸收慾望與興奮提昇力量的夢魔萬理亞，和得自露綺亞所給的黑色元素覺醒後，同樣能將慾望與興奮轉儲為魔力的胡桃，都有。

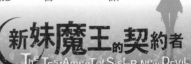

因此——

「…………拜託，刃更。讓我們屈服吧。」

刃更見到被自己摟著腰的澪兩眼水盈盈地如此請求，便接連查看柚希、萬理亞、胡桃和潔絲特的表情，確認她們的意思。她們每一個，都以澪一般的表情點了頭。

「這樣啊……那就來吧。」

刃更低聲這麼說之後，澪幾的個腳步彷彿都受到某種力量的牽引，跟著他來到另一個房間。

澪幾個被刃更帶到的，是這客館中最大的寢室。

房裡，有一張特別寬敞的床。

刃更來到床邊就伸出手，要脫下澪的衣服。

這件制服是決戰上要穿的，可不能弄皺弄髒了。可是——

「——刃更哥，請等一下。」

卻遭到萬理亞制止。

「這次的目標，是讓和你結了主從契約的澪大人她們更絕對服從你。刃更哥要盡量命令她們，她們也要服從命令，向刃更哥表現屈服才行。」

「…………知道了。」

年幼夢魔所說的建議，似乎也讓刃更立刻斷定如何行動才會獲得最佳結果，這麼回答後就讓澪幾個繼續站著，自己坐到床上。

「全部都脫了吧——不對，都給我脫。」

並將脫口而出的命令，眼神冰冷地重新強調。

「…………是。」

羞紅了臉的澪點點頭，慢慢解開胸前絲帶，脫起制服。柚希、萬理亞、胡桃和潔絲特，各是氣定神閒、躍躍欲試、羞怯靦腆、理所當然地，脫下自己的衣物。

「…………！」

動作停止後，所有人都只剩內衣褲。她們穿在衣服下的，全是雪菈替她們精心挑選的性感內衣。那是雪菈為了讓她們能在進城後儘快開始主從間的屈服行為，要她們事先穿上的。

「————」

刃更一個接一個凝眼注視站成一列的女孩。意識到刃更的視線，使她們身體逐漸發麻、發熱，以全身體會雪菈所說的「羞恥與屈服密不可分」。

「…………」

刃更依然不發一語，從自身制服胸前口袋取出紅色小瓶扭開瓶蓋，抬頭一飲而盡。

「……嗯……！」

澪知道刃更喝了什麼，也隨著他喉部動作，吞下自己堆了滿嘴的黏稠唾液。刃更喝的

——是雪菈為這一刻調配的給刃更的夢魔特製強精劑；且不只刃更自己喝了有效，還會對一旁的澪幾個造成強烈作用。

那就是，與之前胡桃所穿的薄紗睡衣相同的，「催淫」和「魅惑」。

同時表示，他接下來會投注極長的時間，使澪幾個徹底屈服。

這麼一來，暫時因雪菈的藥而不會受到催淫詛咒影響的澪、柚希和潔絲特，以及沒有結主從契約的萬理亞和胡桃，都能應自己所需，盡可能地提昇力量。

「——準備好了嗎，開始囉。」

刃更如此宣告後站起。澪幾個順從地點頭並緩緩接近，五人協力將他所穿的衣物一件件脫下。

……啊……

柚希從刃更背後解開腰帶，澪跟著錯開褲釦，並在這時發現雪菈的強精劑似乎已經奏效，刃更甚至脹到拉鍊都拉不下來。

「……澪大人，需要協助嗎？」

已替刃更脫襪的潔絲特見到澪苦戰許久，忍不住試著幫忙。可是——

「不用……讓我自己來。」

澪拒絕放開拉鍊，花了點功夫才終於拉動，將它慢慢敞開。脫去長褲後只剩一條平口褲，更能明顯看清刃更某方面現在是怎樣的狀態。

「不會吧……比之前還……」「……嗯，更凶猛了呢。」

曾經長時間見過刃更這種狀態的胡桃和潔絲特，既興奮又詫異地如此低語。

「！………」

怎麼能輸給妳們——當澪急著將手抓上刃更的內褲時，遭到了年幼夢魔的勸阻。

「澪大人，請先等一等……積極是很好，可是一開始操之過急，會使得後面很難繼續下去。畢竟我們不是什麼都能和刃更哥做啊。」

那該怎麼辦……澪迷惑地看向萬理亞。

「這個嘛，在一切的開端，兩位第一次締結主從契約那天，澪大人去了九次……就先以這個為概念怎麼樣？時間還很充裕，可以慢慢回想過去的經歷，仔細體會自己和當時已經完全不同，按部就班地加深屈服程度。」

萬理亞說完就爬上床，併攏大腿當做枕頭，並嫣笑著促請他們：

「來，刃更哥、澪大人，請……」

「…………………」

澪和刃更相視片刻後，不約而同地上了床。

「哥哥……交給你囉。」

第2章 思慮與慾望的纏縫間

澪枕著萬理亞的腿躺下，毫不保留地袒露兩乳，刃更隨後跨坐上她的髖部。

「……嗯、啊啊……」

也許是強精劑的「催淫」及「魅惑」效果使然，刃更的重量已讓澪飄飄欲仙。

……啊啊……

澪看著刃更的大手往自己的豐滿肉團逼近，回想起那天，自己怎麼也不甘成為刃更的屬下，並懼於未曾體驗的快感，一再抗拒那雙手。

但如今，無論是刃更的手，還是他給予的快感……都不再排斥。

即使當時不在場的柚希、胡桃和潔絲特就在旁邊看著，也完全不介意。

任何一切，都願意欣然接受……因為自己已是東城刃更的奴隸。

——而且身與心，都做好了更加順從的準備。

澪自豪的胸部敏感得起初完全無法相比，也大到當時的Bra-T都穿不下了。

不僅是胸部，從締結主從契約那晚起，她的身體被刃更灌注無數次快感而飽嘗高潮滋味，每個角落都開發成了性感帶。

因此，光是想到刃更的手就要抓下來——胸部深處就湧出舒爽的痠麻，不禁搖動那對淫乳，彷彿早已迫不及待。

從眼前的刃更感到的強烈「魅惑」作用倍增了「催淫」效果，使得極限狀態的澪在刃更的手與胸部接觸——之前，猛一閉眼——

「呀！啊！啊啊！……啊啊啊啊啊啊啊啊啊——♥」

並在刃更使勁揉下那一刻，放出響遍整個房間的媚叫；高潮造成的腰臀劇烈跳動，甚至頂起了跨坐其上的刃更。

「唔……哈啊……啊啊……嗯……！」

澪沉浸在刃更所賜的無上幸福餘韻中嬌喘了一會兒才慢慢睜眼，想看清楚自己的胸部被他揉成怎樣的形狀，幫助自己更為順從。

……咦……？

可是，當瀰漫視野的白霧散去時，澪簡直無法相信自己的眼睛。

原以為胸部已被他揉成爛泥，但他的手並不在那裡。

「！……怎麼會……」

不禁愕然的澪，還以為是自己劇烈的高潮讓刃更鬆開了手。

「呵呵……不是喔，澪大人。」

萬理亞卻摸著她的紅頰，頭上那張上下顛倒的臉露出揶揄的笑容，告訴她剛才是怎麼高潮的。

「不過請您放心——這還是值得驕傲的事呢。」

第2章
思慮與慾望的纏縫間

萬理亞溫柔地摸著澪的臉，對羞得無地自容的她說：

「居然還沒碰就高潮了……這已經明確表示出，澪大人對刃更哥有多麼服從。」

「對刃更……服從……」

「沒錯。今天的澪大人正好適合主動提昇自己對刃更哥的服從度。還有，您該不會是忘了吧──您現在可是吊車尾喔？」

對喔……怎麼會忘了呢？意識朦朧的澪，想起了非常重要的事。

在自己與刃更的主從關係，比柚希和潔絲特都還要低呢。這時──

「好了嗎，澪──開始囉。」

刃更等澪平復後，出聲提醒。

「是……」

澪便帶著最順從的笑容點頭。這一次，刃更可是真的抓住了她的胸部。

「！──嗯~~~~~~~~~~♥」

瞬時又衝上高潮的澪，被刃更整個人蓋上來似的用吻堵住了淫叫的嘴──接下來的，就只有胸部被刃更揉得一塌糊塗而造成的連續高潮。兩人在床上交纏沒多久，澪就與第一晚一樣梅開九度；但是對現在的他們而言，那只不過是前戲。

「──────」

成瀨澪回神後，發現其他人也都上了床，並且看見——

柚希爬在床上，淫猥地扭著屁股吸吮刃更的唇。

潔絲特陶醉將胡桃最脆弱的腋窩，舔得滋滋作響。

胡桃跨坐在刃更右腿上，不斷用力地前後扭腰。

萬理亞含住澪的右胸，津津有味地向上吸提。

而澪自己——則是兩乳在刃更與萬理亞激烈夾攻下感到無比愉悅。

……我竟然在大家眼前……！

真是難以置信。自己正在做的，是平時絕對不敢想像的淫行。

然而自己現在卻沉溺其中，什麼也不必多想，教人幸福得無法自拔。

甘甜無比的悖德感，帶給澪全身震顫的禁忌歡愉——將心中最後殘存的理性銷融殆盡。

到了這一刻，再也沒有什麼能阻止他們了。

「哥哥……嗯！呼啊啊！呀啊！……哈啊啊啊！哥哥……！」

濕黏的胯下在劇烈快感燻烘下愈來愈燙，使澪下意識地忘情扭動浮抬的腰；湧出內褲邊際的女性蜜液一陣陣地流下，搔癢臀溝。刃更的硬物抵在臀肉下的催情觸感，將澪的興奮更頂上另一層次。

「澪……」

柚希似乎是聽見澪嬌喘般難耐地呼喚刃更，讓出了刃更的唇；刃更隨即抓住澪的下顎——將她的頭向橫轉動。

「嗯！哥哥……啾、咕啾……哈啊、嗯……嗯啾♥」

現在的澪，一見到刃更的臉出現在眼前就無法自持，本能性地索起吻來。唇剛碰上，兩人便立刻纏舌激吻。澪在刃更瘋狂揉胸的愛撫下，感受到他的舌在口中攪動的幸福。兩舌揪結中迸發的甜蜜高潮，使澪在刃更身上愉悅地全身抖動，金色光暈——表示主從關係提昇的光，也在這時包圍他們。

但澪沒有因此停下，嘴黏著嘴轉身面對刃更，坐在腿上與他再擁吻一會才慢慢分開；分不清你我的唾液牽出淫猥黏絲，在兩人之間斷開、滴落。

「哈啊……嗯……啊……」

表情恍惚的澪，在感到彼此情感再次加深的同時，與眼前的刃更四目相對，而刃更也對這樣的她回以柔和的微笑。

不過——今天可不能只提昇澪一個就結束。

「……繼續囉。」

澪幾個理所當然地對刃更點頭後，真正的六人交歡才終於開始。

所有人就這麼滿滿地放任自己，墮入這至今最長、最炙熱鮮烈的肉慾饗宴。

4

「你的意思是……要我改變決戰規則？」

位在倫德瓦爾城最底層的高階閣揆會議室中，響起雷歐哈特的質疑。

雷歐哈特在大廳與成瀨澪和東城刃更等人見過面後來到這間會議室，說明與穩健派決戰的詳細內容。

在這問題的另一頭，立於樞機院頂點的貝爾費格笑道：

「別這麼說，我要的並不是這麼過分的事。」

「陛下……貝爾費格閣下只是問您，能不能通融通融，增加幾個參賽名額而已。」

接著說話的，是貝爾費格鄰座的另一名樞機院議員。

那是擔任七宗罪「貪婪」席位的高階魔族——馬多尼斯。

在樞機院中擁有絕對領導地位的貝爾費格，其人一如他所擔任的「懶惰」席次般，時常缺會；在那些時候，負責統領樞機院的就是這馬多尼斯。說穿了，就是樞機院實質上的二號人物。

「陛下所規劃的決戰，是雙方各派五名代表出戰……可是現在，加爾多伯爵日前在攻擊維爾達城時受了傷，而陛下從親信中挑的人選，雖然實力足以代表我方與陛下出戰，人數上的疑慮卻是不爭的事實。所以，我們想提供幾個屬下助陣，請陛下考慮考慮。」

馬多尼斯如是說。的確，雷歐哈特目前信得過的人中，能夠出戰的只有巴爾弗雷亞、路卡及拉斯三人；由於路卡本身是不具戰鬥力的學者，將由與其結下契約的英靈或魔獸代為出戰。

儘管如此，含雷歐哈特在內也只有四人，仍缺一人。不過——

「不需要操這種心，馬多尼斯。路卡很快就能安排好前次攻擊中不及整備的高階英靈，只要用英靈替補加爾多的缺就行了。」

「這麼說來，是要用兩具英靈，補那個名叫路卡的少年和加爾多伯爵的缺囉……？前次攻擊中，英靈最後都遭到擊潰；都靠這樣的東西來補，風險恐怕是太大了吧？民間很可能會出現擔憂的聲浪，造成恐慌啊。」

這麼說的貝爾費格，臉上始終掛著淺笑。

「貝爾費格，你口中的風險……不就是你的手下，趁攻擊維爾達時偷襲加爾多才造成的嗎？」

對此，雷歐哈特祭出監察涅布拉的背叛，責問貝爾費格。

「說來可真是慚愧啊……涅布拉確實是我的屬下，會發生那種憾事，全是我管教無方……儘管他已經因為主從契約的詛咒拿命來償了，可是我還是得為加爾多伯爵受重創負起部分責任。所以，懇請陛下接受樞機院的協助，給我們一個雪恥的機會。」

老奸巨滑的貝爾費格卻將自己的責任轉為武器，不肯讓步。

「……………如果認為英靈不可靠，召八魔將回來也行。」

雷歐哈特口中的八魔將，是八名軍團長的總稱。他們各自率領雄軍，鎮守於現任魔王派廣大領土的東、西、南、北、東南、東北、西南、西北方；個個都是與雷歐哈特同樣，在前次大站中功勳彪炳的猛將。因此，樞機院害怕他們留在中央會給雷歐哈特太多力量，全都發派邊疆，但現在情況有了改變。

「這場決戰，是決定魔界霸權的關鍵一役，當然得召集我們的最高戰力。」

「不可以啊，陛下。這樣反而有害無益呢。」

馬多尼斯面露苦笑。

「將軍們的戰力確實是無庸置疑地高，然而現在正因為有他們在邊疆牽制其他勢力，我們所在的中央——這倫德瓦爾才能長保安寧。只要召一名回來，就有一方沒了頭……為了這一大決戰而削弱邊疆軍力，使得其他勢力有機會趁隙而入，豈不是本末倒置嗎？而且——」

馬多尼斯又道：

「以一場論定魔界未來的決戰而言，七比五更適合作為代表人數吧？」
「…………………」
雷歐哈特無言以對。在這魔界，數字「七」的確擁有特殊意義，其中以「七宗罪」最具代表性；雷歐哈特就是為了避免讓民眾聯想到古老的樞機院政治，刻意將代表定為五名。沒定為去除加爾多的四名，或是再排除本身無戰力的路卡，下修為三名，是考慮到樞機院等敵對勢力，可能會以「雷歐哈特竟在這重要局面為配合自身利益，罔顧歷史傳統固執行事」等理由找碴的緣故；所以忍痛在加爾多缺席的狀況下定為五名，以避免這種風險。
……可是想不到，他們居然能反過來利用自己造成的缺席問題。
雖說活得愈老臉皮愈厚，然而能將自己的私利如此正當化且極力推銷，也真讓人開了眼界。想對付狡猾的樞機院，果然不能只用一套方法。
不過──也因為如此，無論如何都必須將這幫老賊一網打盡。
……再繼續堅持己見，或許反而會吃虧。
從現況看來，只要一個不小心，說不定會連路卡的名額也丟了。那麼……
「好吧……代表就改為七名。其中新增加的兩名以及加爾多的這三個名額，我同意讓你們的人選代表參加。」
「喔喔，那真是太好了……陛下英明。」

「可是——我有個條件。」

然而雷歐哈特並不打算平白讓步，對眉開眼笑的貝爾費格輕聲這麼說。

儘管對手是暗地裡掌控這魔界的樞機院。

儘管自己是他們所挑選的傀儡魔王。

也不能——繼續讓眼前這幫老賊將魔界玩弄於股掌之間。

5

刃更他們所使用的客館大門前，站了兩名侍女。

名義上，她們的工作是提供刃更他們生活上的不足，實際上則是監視他們是否有任何可疑行動。

即使如此——重視榮譽、崇禮尚義的雷歐哈特，依然保障了他們的隱私權。

因此，客館布滿了隔音結界；裡外任何聲音，都不會穿透到結界另一頭。雷歐哈特所設的限制，只有「不准擅自離開客館」一條；在館內要怎麼活動，都隨他們高興。

刃更幾個入住客館這幾小時來，別說出門，就連任何風吹草動也沒有。好歹他們是來到

第②章 思慮與慾望的纏縫間

敵方的根據地——而且還下榻於王城之中，輕舉妄動會有何下場可想而知，相信他們並沒有這麼傻。

在倫德瓦爾城的侍女中，這兩人是屬於戰鬥能力特別優異的一群，所以才會被巴爾弗雷亞選來監視客館；然而監視穩健派的決戰代表，仍帶給她們不小的壓力。幸好再過不久就是晚餐時間，能和下一組監視員交班。由於雷歐哈特准許刃更幾個自己打理三餐，侍女們不需要替他們做飯，或是送任何餐點進去。

「…………」

「…………」

兩名侍女或許是想著一樣的事，默默地對看一會兒後長舒口氣，稍微放鬆緊張的心情與身體的多餘力氣。

就在這時，客館的門由內開啟了。

「！——」

她們頓時抽回了氣，轉身查看。

「那個～不好意思。」

年幼夢魔從門縫間探出可愛的臉說：

「我們有事想請兩位幫個忙——可以嗎？」

「…………請問有何吩咐？」
一名侍女提防地問。
「我想差不多該準備晚餐了，可是我之外的其他人現在都忙不過來……可以請兩位幫我做飯嗎？」
萬理亞笑著這麼說後，侍女們面面相覷。
「這……」
「那位名叫巴爾弗雷亞的大人告訴我們，有需要幫忙的事都可以請兩位協助……不方便嗎？」
「……並不會不方便。」
巴爾弗雷亞曾指示侍女們，假如刃更等人在館內遭遇任何不便，請盡量遷就配合。因此，侍女們儘管態度消極，仍然表示同意。
「太好了……那麼，麻煩兩位囉。」
於是，萬理亞將門敞開——下個瞬間，侍女們不禁愣在門口。
萬理亞原先只探出一個頭，看不見她身上穿的竟是煽情得令人不敢置信的性感內衣。嚇得她們不禁後退。
「……來，請進請進。」

第 2 章
思慮與慾望的纏縫間

萬理亞的促請，使兩人無奈地隨她踏入館中。

接著直接被帶進廚房。

「首先，請先告訴我這裡有些什麼吧。」

萬理亞在琳琅滿目的烹飪器具及食材前轉過身說：

「我還不熟悉這間廚房，用起來總是不太順手。既然兩位是第一組負責接待我們的人，就表示最清楚這裡有些什麼，可以隨時回答我們的問題吧？」

萬理亞所說的的確是事實。她們擅長的不只是戰鬥，身為女僕，自然是任何家事都得心應手，對這客館內的一切也有相當程度的認知。

畢竟從準備食材、清掃、整理館內器物到鋪床等，一切讓刃更幾個方便使用客館的準備，都是出自她們之手。

「……知道了。」

「那麼，我就一項一項照順序介紹。」

侍女們如此同意後，眼前的年幼夢魔堆出滿臉笑容。

並說：

「好……請多告訴我一點喔。」

6

「他們要把決戰穩健派的代表，從五個改成七個啊？」

巴爾弗雷亞在加爾多的治療室中，出聲複述雷歐哈特帶來的消息。

加爾多在日前攻擊維爾達城的行動中負傷後，便收容在這座醫療塔內——現在，巴爾弗雷亞和路卡及拉斯三人，都來到這裡探視他；而雷歐哈特也在與貝爾費格和馬多尼斯等樞機院兩巨頭談過決戰事宜後，於前不久現身。

隨後，眾人就從雷歐哈特口中得知新制定的規則。

「趁攻擊維爾達城時造反以後做這種要求，也未免太不要臉……而且還得用他們自己的人？在這種狀況下竟能如此厚顏無恥地要手段，真是不枉他們活了這麼多年啊。」

「的確。可是反過來想，這也表示他們被逼到沒有選擇了。」

實際與他們周旋的雷歐哈特冷靜地如此分析後，路卡也在他身旁點頭附和。

「就是啊……樞機院的人在他們自己要求的攻城行動中暗殺加爾多未遂，已經是眾所皆知的事了。」

路卡繃起稚氣未脫的臉，拉斯也半沉著眼若有所指地說：

「不只是兵將，就連資淺文官對樞機院的不信任也一口氣飆起來了的樣子呢……某人的手腳還是又快又確實，真恐怖喔。」

「這次受害的可是加爾多閣下啊。如果我們就這樣忍氣吞聲，反而才著了樞機院的道呢……」

巴爾弗雷亞聳聳肩說。樞機院的醜聞，過去在城內也都能探聽到一點風聲，可是這次並不相同。加爾多在魔族中是寥寥可數的英雄人物，繼任威爾貝特成為新魔王的呼聲，比雷歐哈特還要高。如今這場暗殺未遂，變成了削減樞機院凝聚力的絕佳材料；為了宣示雷歐哈特開始擁有拉倒樞機院的正當名義，絕不能放過這個大好機會。於是巴爾弗雷亞在雷歐哈特下令之前就做好充分準備，並在接獲命令時，立即以最有效的方式，將樞機院暗殺加爾多未遂的消息一口氣散布到城中各個角落。

接著，雷歐哈特垂落雙眼說：

「對不起，加爾多。我明知你這樣身經百戰的英雄受這種傷，是非常不名譽的事，還拿來當作打擊他們的武器。」

聞言，躺在床上的巨漢輕笑道：

「別在意……現在的我是你的屬下啊，雷歐哈特。只要我的力量和我這個人能助你打倒敵人，你就儘管拿去用吧。」

而且——

「很遺憾，我在這次決戰中的確是派不上用場。」

苦笑的加爾多，失去了右肩以下的整條右臂。

那是攻擊維爾達時，與他交戰的敵人所切斷的。

——傷勢重歸重，但一般而言，斷裂的四肢可以藉魔法再造。

然而不知為何，王城中的治療師無法以療癒魔法再造他的右臂，就連特別培養出的活體義肢也無法接合。照理來說，斷面如此整齊，接合起來應該特別容易才對，表示加爾多受的傷非常特異。

……東城刃更，是嗎。

人稱戰神的迅·東城的獨生子。報告上提過，他能使用特殊的消除能力；不過聽加爾多自己的說法，他中的是其他招式。

不過，既然無法再生或接合——

……有必要將它視為那種消除能力的衍生技。

這個治不好的傷，使得加爾多至今依然無望回歸戰線。儘管能將這個傷歸咎於樞機院所派遣的涅布拉，以此打擊他們的凝聚力還以顏色——但失去加爾多這個戰力，仍舊是一大傷害。

當巴爾弗雷亞如此苦惱時——

「對了，雷歐哈特——你應該不會什麼條件都沒提，就白白答應樞機院那些老鬼增加代表人數吧？」

拉斯向雷歐哈特確認他的回答。

「那當然。樞機院的狀況比攻擊維爾達前還要糟，和他們那夥人上同一個戰場，很可能會害死我們自己。」

而雷歐哈特近乎毫無遲疑地說：

「所以我雖然不只是接受決鬥代表從五名改成七名，也讓他們同意我的條件，將五對五的團體戰改為七場一對一的決鬥。」

如此一來，就能迴避樞機院的爪牙在戰鬥中趁亂暗算的風險。

「這做法的確不錯……可是我們該怎麼向穩健派解釋呢？我們提議打五對五的團體戰，他們派的一定也是適合那種戰法的組合，所以拉姆薩斯才不在他們之中吧。」

巴爾弗雷亞繼續自己的分析。

「對於個人實力較高的我方，一對一決鬥自然有利得多，容易遭到他們拒絕；而且臨時將規則改為對我們有利，也恐怕會使我方出現對陛下抨擊或不滿的聲音。」

既然好不容易削減了樞機院的凝聚力，當然得盡可能避免喪失優勢——畢竟自己的戰鬥，在打倒穩健派之後才真正開始。這時——

「——不必擔那個心。」

雷歐哈特斷言道：

「我會給他們相對的特權……只要能戰勝我，就等於贏了三場。」

而決鬥共是七戰——即表示，原本必須贏得四場勝利的穩健派，只要能戰勝雷歐哈特以及另外兩場就等於獲得五勝，即使現任魔王派贏得其餘四場也依然獲勝。

就算只能贏得兩場，只要一場是戰勝雷歐哈特，就得到四勝。

若再拿一場平手，各為四勝的雙方就要再派一名代表進行延長賽；若平手有兩場以上，一樣是對方贏得這整個決戰。

「他們現在來到城裡的這六個……是因為當初要打團體戰而選出的隊伍；那麼改為單獨對決後，名單很可能會大幅變動吧？」

路卡擔心地問。

「再怎麼變，我也不認為前次大戰中與我們敵對的迅．東城會參戰；至於把涅布拉那個背叛者所操控的高階英靈一擊打倒的拉姆薩斯，倒是很有可能——」

「——無所謂。事實上，那更合我意。」

雷歐哈特並未因為路卡的憂慮而動搖半分。
且以魔王身分說道：
「這是我們與穩健派的決戰，而拉姆薩斯是穩健派的現任首領；沒有打倒拉姆薩斯本身，得到的也只是殘缺的勝利。要真正統一這個魔界，就必須將穩健派體無完膚地徹底擊潰，否則不具任何意義……為了達成這個目標，威爾貝特的兄長拉姆薩斯願意踏上擂台，反而是件好事。」
「原來如此……有道理。」
要完全打垮穩健派，雷歐哈特所期望的狀況，確實是最好的勝利法。
……況且。
樞機院害怕凝聚力轉移到雷歐哈特身上。若能在引出拉姆薩斯的狀況下贏得決戰，雷歐哈特的力量肯定會超越樞機院，到達他們無力回天的地步。從他們甚至願意採取強硬手段，企圖消滅影響力甚高的加爾多來看，一旦認為雷歐哈特將掙脫他們的掌控而進行反擊，必然會利用容易將責任推給穩健派的決戰擂台，沒有更好的選擇。
只要設想可能狀況，等樞機院有任何不軌舉動——
……屆時。
就反過來討伐樞機院，將那些老賊一舉根除。蠻橫一點也無所謂，消滅他們以後，要編多少理由都不是問題。

……再說。

安排這樣的決鬥，好就好在其本身就是個保險，能引誘樞機院對雷歐哈特下殺手。若贏了決戰，雷歐哈特就會成為樞機院的暗殺對象——萬一輸了，樞機院也會認為他失去利用價值而試著收拾殘局吧。無論如何，都是正當防衛。

雷歐哈特應該不會現在就在想敗戰以後的事，不過——

「陛下……您是看透了一切可能，才對樞機院提出條件，改變戰鬥形式嗎？」

「我對現況並沒有達觀到那種地步，也沒有樂觀或悲觀。」

雷歐哈特以沉靜口吻回答巴爾弗雷亞：

「可是——能一舉消滅那群老賊的機會少之又少。假如我能抓住這個機會，就算負起這點程度的風險，也在所不惜。」

「屬下明白了……待會兒，我會親自向穩健派那些人說明。維爾達方面，將和通知決戰方式時一樣，以魔法送出正式函件。這樣的條件對他們很有利，應該會答應吧。」

巴爾弗雷亞見到主人眼中的堅定決心後，點著頭這麼說。

「其實前不久，他們透過負責接待的侍女，希望我們準備某種東西……我會在交給他們時一併通知。」

路卡聽了不解地問：
「準備東西……什麼啊？那座客館不是準備了十天份充足生活的物資，應該萬無一失才對吧？」
「因為他們需要的，是用途比較特殊的東西……拉斯，我有事想問你。」
「有事問我……？」
拉斯見話頭突然轉了過來，意外地反問。巴爾弗雷亞接著說：
「是的——是關於之前還在佐基爾名下的那座遊樂場的事。」

7

露綺亞一接獲現任魔王派變更決戰規則的通知，便立刻稟報主人拉姆薩斯。之後沒回自己的辦公室，直接前往母親雪菈的房間，向她與正好在她房間的迅傳達這消息。
「把團體戰改成一對一決鬥啊……」
「——是的。請問母親有何看法？」

由於現在是屬下侍女看不見的私人場合，露綺亞以平時的稱呼方式詢問雪菈的意見。
「嗯……這個嘛，還算是預料中的變化。是吧，迅弟弟？」
「是啊。多半是樞機院那些老頭半路殺出來了吧。」
雪菈儘管外表變回幼時的稚嫩模樣，骨子裡仍是身經百戰，和迅一樣氣定神閒地接受現任魔王派改變決戰規則。不過露綺亞自己，還無法這麼輕易就接受現實，眉頭深鎖。
「兩位都不擔心嗎？一對一決鬥，對基礎戰力較弱的我方明顯不利啊。」
實際上場的並不是雪菈或迅——是刃更他們。無論是從跟隨拉姆薩斯統管穩健派的副官立場，還是從私人感情角度來看，露綺亞都希望他們能獲勝，更由衷期盼他們能平安歸來。
但相比之下，雪菈和迅的反應卻顯得相當樂觀，引起露綺亞些許不悅。
「別那麼兇嘛，露綺亞妹妹……刃更他們怎麼說？」
叼著菸的迅似乎是看透了她的情緒，苦笑著問。
平時，除雪菈外沒人會以「妹妹」稱呼露綺亞，露綺亞也不允許他人這麼做。畢竟她身肩穩健派二當家的責任，不能總是讓克勞斯等影響力強大的年長高層當小孩看待。或許在人人聞之色變的戰神迅眼中，露綺亞一樣是個可愛的小女孩吧。
「他們對戰鬥方式的改變並無異議……但是改成七對七以後，刃更先生那邊只有六人，有人數不足的問題。」

第2章 思慮與慾望的纏縫間

至此，露綺亞停了一口氣的時間又說：

「即使先到的六人全數參戰，仍然需要補充一名代表。因此，這個缺將由穩健派首領拉姆薩斯大人，或以副官身分隨行的我代為填補。」

「最後怎麼判斷，是到那邊看情況再說吧……沒辦法，也只能這樣了。嗯～」

雪菈應話後——

「不——妳得全力避免拉姆薩斯出戰。」

迅竟態度強硬地反駁。

「要是他上場，只會留下一大堆麻煩的問題……關於這個新規則，他老兄怎麼說？」

「大人只說……『知道了』。」

露綺亞回想著報告當時的拉姆薩斯說道：

「正如您所言，大人參戰確實很可能產生許多弊害；不過，我想大人自己也很明白這一點。」

因此——

「倘若大人執意參戰，身為屬下的我實在沒立場阻止……」

在露綺亞表示將以副官立場為優先後，迅回答：

「露綺亞妹妹……我明白妳整顆心都在那傢伙身上。畢竟妳和我跟雪菈一樣，都是極少數知道他祕密的人。」
可是啊——
「妳應該也知道——我和威爾貝特在那場大戰最後結了什麼約吧？而且現在又終於走到了這一步。妳以為威爾貝特的老婆是為什麼要賭命生下澪、威爾貝特為什麼要放開那個女孩，而他自己又為什麼要選擇死亡……妳可別把這十六年來的努力全都白費囉。」
「這……我當然十二分地明白。」
「那妳就做妳該做的事吧。由於比誰都更為主人著想，不時需要違令上諫……副官的角色不就是如此嗎？」
「………………」
迅的話使露綺亞無話可說，只能回以沉默。
「別擔心……那傢伙就只是不能和雷歐哈特打而已，其他時候想怎麼鬧都沒問題。」
迅在菸灰缸捻熄燒短的菸。
並以十成把握的口吻說：
「我跟妳保證，到時候一定會發生他非得出手不可的情形……等著瞧吧。」

第②章
思慮與慾望的纏縫間

8

成瀨澪清醒時，已經是深夜後的事了。

「…………嗯。」

在溫柔暖意中睜眼的澪，發現自己人躺在客館寢室床上，頭被潔絲特抱在那豐滿的胸前，腳還與她纏在一塊兒。

「……啊……」

而體內殘存的舒暢倦怠，使澪想起了一切。自己不是從睡眠中醒來，而是剛恢復被刃更沖散的意識。

沒錯——將服從刃更視為依歸的澪幾個，甚至捨不得下床吃飯，直接在床上一邊吃萬理亞和外頭的侍女所做的晚餐，一邊翻雲覆雨。

——爾後，大家一起好好疼愛潔絲特，使她昏了過去。

下一個昏倒的，是在萬理亞的指示下，被刃更、柚希及胡桃三人夾攻得神魂顛倒的澪。

而且看樣子，這場肉慾的狂宴並沒有就此結束。

因為萬理亞、柚希和胡桃，都在床上發出平緩的鼻息。

但床上唯獨不見刃更的影子。於是澪在不吵醒潔絲特的狀況下悄悄坐起，發現背對著她們坐在床邊的少年背影後，安心地摸摸胸口。在陰暗室內映出他輪廓的光，是來自他手上的微弱光源——手機液晶畫面。

「刃更……？」

仍在體內發熱的甘甜快感，烘得澪意識散渙，沒多想就喊了他。

「——————」

刃更也因此緩緩轉頭。即使還沒看見整張臉——

「！——————」

澪也在這瞬間整個人全醒了，心臟猛力跳動。

——使她心跳加速的，是與愛情完全相反的恐懼。

在澪眼中，刃更轉頭途中露出的側臉——帶著從來沒有見過的陰冷表情，甚至讓她後悔隨便出聲。不過——

「…………抱歉，吵醒妳啦？」

刃更完全轉過頭來、與澪四目相對時，已是平常的他。由於光線不足，再加上意識昏沉，澪猜想那或許是自己眼花。儘管這麼想——

……可是……

心依然激跳不止。為了掩飾緊張，澪問：

「……你拿手機，是打給迅叔叔嗎？」

「是啊……剛好講完。」

刃更加快動作結束對手機的操作，將它擺在床邊的床頭櫃上；還沒轉回來，澪先有了動作。

澪從背後擁抱刃更，輕輕貼倚他的背。

「……怎麼啦？」

「…………」

刃更轉頭所問的話，讓澪默默地更用力抱緊他。

希望他能感到背上傳來的激烈心跳代表什麼樣的情緒般，發自內心地懇求。

「……拜託，不要再像佐基爾那時候，一個人賭命亂來了。」

——至今每一次危機，刃更都為了保護澪等人預估下一步變化，策劃行動並徹底實行。

澪自己也很清楚，無論自己在這裡說了什麼，只要刃更認為有必要，一定會毫不遲疑地付諸行動。

……就算這樣。

成瀨澪實在不想再見到東城刃更自我犧牲，獨自承擔致命風險。畢竟，自己是他的家人、妹妹，更是締結主從契約的僕人。

在這樣的澪心中，刃更的地位是無可替代地崇高——正因為如此，她需要將自己的心意再一次明確地告訴刃更。

「…………對不起，害妳擔心了。」

刃更這麼說就轉過身來，輕柔地擁抱澪。

於是，澪也回擁刃更。

「千萬別忘記……你還有我、還有我們喔……」

「嗯……我不會忘的。」

刃更以承諾般的堅定口吻回答後，兩人再多相擁了一會兒。

接著——不約而同地慢慢退開。

「————！」

突然間，刃更急忙別開臉，澪也隨後發現他為何那麼做。

兩人前不久還沉浸在只有情慾的時光中，現在自然仍是當時的模樣。

「！————」

這讓澪也倉皇抱胸遮掩，受到刃更注意而霎時暴漲的羞意淹得她滿臉通紅，瞪著眼說：

「……刃更色色。」

「！……對不起。」

澪的抗議使刃更一下子手忙腳亂。

……呵呵。

明明之前還讓澪屈服得都昏了過去，後來也對其她女孩做了同樣的事。

像刃更這樣不小心就會恢復原狀的反差，看在澪眼裡簡直可愛得不得了，於是——

「……哥哥～」

即使明知在大家睡著時這麼做，有偷跑之嫌。

「我……還可以對哥哥更屈服喔？」

澪仍嗲聲嗲氣地抱住刃更，將唇湊上他左肩，「啾」地吻了一下。

——平時，完全無法想像澪會說出如此大膽的話。

但現在的她，與刃更的主從關係落後於柚希和潔絲特。

為了追上她們，拿出這點積極應該沒什麼吧。隨後——

「…………真的嗎？」

刃更輕聲反問。澪用力點個頭後，刃更再沒有第二句話。

直接——將手繞過她的腰，整個人摟過來。

澪與刃更靜悄悄地轉移陣地，來到浴室。

刃更轉動淋浴閥門、將熱水開到最大，接著冷不防地偷襲澪的唇。

「嗯嗯……啾、哈……啾噗、哥哥……嗯♥」

澪雙手環抱刃更的脖子，接受他的強吻。在淋濕全身的熱水中，激烈纏動的舌使澪的身體愈發火燙。

……啊……

同時，感到有個硬物鑽過大腿之間，抵住胯下。

垂眼一看，纏在刃更腰上的毛巾已經隆成他的形狀，要將澪抬起似的不停從胯下向上挺。女孩們都不脫內褲，當作提醒不能跨越底線的保險，但這畫面仍是十足地淫褻。

……刃更竟然已經變成這樣了……

總是以澪的感受為優先的刃更不僅是主動強吻，還興奮到這種地步……一這麼想，澪的腰就忽然一抖。

「哥哥……我幫你弄，你躺下來喔。」

聽澪雙眼濕熱地這麼說，刃更就當場坐下，平躺在地。

澪也在刃更身旁依偎著他似的側躺下來。

「…………開始囉。」

第②章
思慮與慾望的纏縫間

並隔著浴巾輕握住刃更的男性象徵，開始動作。

……我居然在做這種事……

澪彷彿要充分感受那又硬又脹的觸感，撩人地上下套弄，同時為自己做的行為羞得幾乎神經錯亂。

──然而，胡桃和潔絲特早就做過了這種事；說不定自己剛失去意識的期間，柚希和萬理亞也都這麼做了呢。

……我不能輸。

如此激勵自己後，澪更為賣力地套弄。

包了一層毛巾的它，粗得甚至無法握滿。

……怎麼會變得這麼大啊……

不知不覺地，澪的眼裡已經只盯著刃更的陽物。

「！──」

這時，刃更的腰忽然稍微彈了一下，嚇得澪趕緊停手。

「對、對不起……我還不太習慣，笨手笨腳的。會痛嗎？」

「不、不是……」

刃更有點尷尬地回答。那樣的反應，並不是在忍痛──

……該不會是很舒服吧……？

明白這事實的瞬間——澪胸中迸然湧出一股從未感受過的甜美酸楚。

那是表示她成功帶給刃更快感的，女性的愉悅。

這讓澪不只是心花怒放，還深感驕傲……拋開了一切恐懼。

於是，澪開始全心全力地服務刃更，繼續搓揉。

「哥哥、哥哥……嗯！嗯啾……咧嚕……」

並且為更加貼近刃更而跨上他的左大腿，將胸部擠上腹側，陶醉地伸舌舔舐他的乳頭，盡可能地取悅刃更。

起初笨拙的舌部動作在幾經反覆後變得流暢，沒多久就舔得濕聲大作，將銀光燦燦的唾液抹滿他的胸。

「！……唔……！」

刃更左手抱住澪的頭，右手也抓住她的胸揉了起來。

「啊嗯！呀、哥哥……咧嚕……哈啊……嗯♥」

突來的快感讓澪失聲媚叫，但舌頭和手都依然繼續它們的動作。讓刃更更爽更亢奮的想法，讓澪的手不知何時已探入毛巾底下直接套弄。

「唔……啊……！」

刃更憋不住的喘聲愈來愈急促——那瞬間終於到來。感到它在手中忽然膨脹的剎那，一團溫熱的液體噴灑而出。

——這一幕，便是澪第一次目睹的，刃更的高潮。

刃更猛一抬腰，腰上的毛巾隨之滑落，使他的局部赤裸裸地展現在澪的眼前。刃更炙熱的陽物，就在澪沾滿白濁汁液的手中一跳一跳地抽動。

……這就是刃更的……

過去只有在共浴時意外瞥見的東西，現在竟大得判若兩物，讓澪不禁下意識吞了口水。

「啊——……」

不知如何是好地愣了一會兒後，澪才發現它儘管剛釋出大把精液也依然滿脹，很難受的樣子……隨即了解自己該做些什麼。

那就是繼續下去。

「哥哥……這次換坐這邊。」

澪用沾滿精液的手將刃更的陽物套弄得咕啾咕啾響之餘，將視線投向浴缸邊緣。單憑這樣的動作，刃更就能知道澪接下來想怎麼做了吧。

刃更坐上澪期望的位置便張開雙腿，方便她動作；而澪也坐到刃更兩腿之間，局部隨之逼至眼前。

……天啊……

與在手中時完全不同的壓迫感，讓澪不禁抽氣；不過，這也只占了幾秒鐘的時間。刃更鼓脹透頂的陽物，正迫不及待地渴求著澪的服侍。於是澪捧起被刃更揉得大上一號的乳房——以那深邃的大峽谷夾住了它。

「！————」

被澪的乳房夾住分身的瞬間，東城刃更不禁細聲呻吟。

澪的乳溝有如整個黏在上頭，裹覆得無微不至。

「很棒吧……我的胸部會這樣，都是哥哥弄的喔。」

澪以強調胸部分量的動作使勁夾緊，媚笑著說：

「在學校啊，男生看我的頻率比以前多很多，真的很煩耶……他們還偷偷說了什麼，我最近身材愈來愈騷了之類的。」

「！……我……」

「沒關係……這樣我才能讓哥哥盡量爽個夠嘛。」

澪對一時啞口的刃更這麼說就雙手抱胸上下搖擺，做起猥褻的往復運動。剛射的精液成了潤滑劑，讓澪的胸部每次移位都會發出咕喳咕喳的黏質聲響，刃更的腰也在這刺激下，差點挺不起來。

「只要我想……連這種事也一樣做得到。」

澪抬眼說了這些話就下顎一縮，緩緩將嘴湊向乳溝。在那裡的，是澪每次擺胸都會探出的小頭。

「————！」

見狀，刃更迅速抓住澪的下顎強行抬起她的頭，自己彎下腰來蠻橫地占據她的唇。

「嗯嗚——哈啊、嗯……啾噗……嗯乎、啊啊……咕啾……咧啾……」

儘管姿勢有點難受也無妨，澪飽含快感而黏呼呼的舌頭，伸進刃更嘴裡咕啾咕啾勾纏起來；而胸部也沒閒著，持續地疼愛刃更。

「！……啊……！」

刃更完全受不了這樣的夾攻，與澪相吻著射在她胸上。這次別說是腰，就連腿的力氣都要洩光了——但刃更的亢奮仍一絲未減。

由此可見，澪也依然在刃更散發的催淫及魅惑的影響下。

刃更雖不想對她做些太過火的事，但不知是否是藥效所致，他就是無法抑制體內這股亢奮。當射精停下，刃更也退開了唇，交融的唾液在兩人間牽出淫絲。

第2章
思慮與慾望的纏縫間

「啊……嗯！哈啊……呼……」

澪不捨地半吐著舌，不斷喘出溫熱的氣；平復之後，將乳房擠成形狀淫猥的肉團，把刃更仍舊挺立的陽物送進乳溝繼續刷弄。

「就這樣，再多射一點……射到我胸部裝不下為止。」

澪淫聲媚色地這麼說之後，胸部的動作也變得更加激烈，讓快感一轉眼就三度衝破刃更的忍耐極限。

「────」

便順澪的意思，將男性汁液發洩在她胸上。

9

那瞬間，澪感到刃更的陽物在她兩乳間怦然暴跳。

緊接著是熱流在她整個胸部擴散的感覺。

……天啊，跳得好厲害……

可以清楚感到，它還在澪的乳溝深處愉悅地抽搐。在覺得自己真的成功取悅了刃更的成就感中，澪看見她深長的乳溝已經被白濁的汁液淹成不見底的小池——讓她不禁渾身一顫，那堆黏稠稠的液體也被震得流出乳溝，答答有聲地滴在地上。

同時，刃更的陽物慢慢地滑出她的乳溝——

……啊……

而且還是那麼地鼓脹。看得澪吞吞口水，主動將嘴湊了上去。這次，刃更並沒有阻止澪這麼做。

「哈啊……嗯……啾噗。」

澪終於將刃更的陽物迎入自己口中。刃更精液的氣味瞬時散個滿嘴，如火如荼地奪去澪的理性；但這並無所謂，理性只會妨礙自己對刃更更加服從而已——所以，當澪用舌頭仔細地為刃更清掃，將堆了滿嘴的精液一口吞盡時，她斷然拋開了最後的理性。

「啊啊……嗯、啾……嗯呼……嗯啾、哈啊……啾嚕……嗯嗯！」

澪屈腿癱坐，全神貫注地用嘴服侍刃更。

她以沾滿唾液的舌一處不漏地舔過後，一下啾啪啾啪地大聲吸著，一下鬆口用手溫柔套弄；不一會兒，刃更開始不自禁地慢慢前後扭腰，表示他的快感瀕臨頂點——這事實使澪興奮加劇，自己也配合刃更的動作前後擺頭。

「嗯唔……啾嚕……哈啊、嗯……啾噗、咕啾……咧嚕……哈嗯、嗯呼、啾咕……咧嚕

第②章
思慮與慾望的纏縫間

……嗯！嗯啾！嗯嗯～～～～♥」

在澪痴迷地吸含刃更陽物的口中，爆發大量滾燙精液的那一刻，甜美的高潮也讓澪全身緊繃。原來，是刃更在她口中射精時，往她的胸部大把抓了下去。那突如其來的快感，強得澪無法招架——可是現在的她對刃更是無比地順從，即使臀部抖得女性蜜液湧遍褲底也沒有咬痛刃更，只是拚命地抽動喉嚨，飲盡刃更賜予的一切。

不過，雪菈的藥讓刃更的量多得嚇人……直到澪幾乎窒息之前，刃更才將分身貼著她的嘴唇內側慢慢抽出。

「嗯！嗯！……嗯啾、啊——呀♥」

拔出頭的同時，刃更的白汁還噴了澪滿臉，嚇得她向後翻倒。刃更隨之離開浴缸邊緣，但不是為了扶她，而是直接蓋上去將她壓倒。

……咦……？

澪不禁錯愕地注視眼前刃更的臉，也因此察覺他想做些什麼。

刃更的雙眼已在不覺之間燃起雄性之火，正激動地盯著她看，並以不容拒絕的口吻說：

「只到內褲底下而已——可以吧？」

明白那句話的當下，澪深深抽了口氣。刃更的意思，是要將他的慾望分身——插進避免雙方跨越底線而穿的內褲下。

……不、不行……！

一旦現在的自己做了那種事，不曉得會發生什麼後果。絕不能跨越的底線，將就此變得模糊。

儘管澪這麼想——但想到刃更為她興奮得失去理性、更渴望於她，就高興得甚至發抖，於是她吞吞口水——

「！……嗯……」

明知不該這麼做，卻仍以打顫的手抓著膝蓋後側掰開雙腿，將私處展現在刃更面前。又熱又濕的女性裂縫即使隔著內褲，也清楚地浮現出它的形狀，並冒出陣陣淫穢的熱氣。

「好吧，哥哥——來吧。」

澪保持這姿勢，撒嬌似的說出準備迎接刃更的話，刃更也立刻將他的陽物——一點一點地從襠口插進那濕得彷彿失去效用的內褲。

「………進去囉。」

刃更低聲說道，接著一口氣推進到最深處。

「！——呼啊啊啊啊啊啊啊啊啊啊！」

成瀨澪僅僅因為這一插就劇烈高潮。這是刃更在用力刷過她女性門戶的同時……粗暴揉捏她敏感的乳房所造成的結果。

「呀……！……嗯！哈……啊……啊♥」

這來自內褲之中、與過去完全不同層次的高潮，甚至讓她忘了怎麼呼吸，深陷交摻喜悅的悶苦。而刃更則是慢慢退腰，將他直穿內褲、一路頂到澪肚臍的陽物抽回，然後——

「！————」

等一下——澪雖想這麼說，卻出不了聲。

「——動囉。」

刃更如此宣告的下一刻，開始瘋狂揉胸並劇烈摩擦她的私處，為她刻下一次又一次數不盡——不，是想數也數不了的空前高潮。

10

在現任魔王派根據地倫德瓦爾更深夜靜的時分。

拉斯獨自一人來到位在城下鎮的「某間店」。

那是專賣女性服飾、內衣、鞋襪，甚至化妝品的仕女用品的會員制精品店。顧客基本上都是貴族階級的高階魔族，但實際上門的，大半是為滿足主人要求的仕女或管家。由於那些近乎任性的要求不分白天黑夜，為應其所需，這間店也幾乎是全年無休。

店內裝潢風格統一，充滿藝術氣息；櫃裡架上，盡是精選的高級品項。

「——讓您久等了。」

一名男性店員從店裡頭拿了樣東西，來到杵在收銀台邊的拉斯面前。

那是口小木盒。店員將它置於台上，開蓋取出內容物——一個擁有搶眼金雕蓋的鮮紅色玻璃瓶，瓶中裝有透明液體。

「請問您要的是這個嗎？」

「……是啊，幫我包起來。」

拉斯點頭後，店員便將瓶子放回木盒，開始包裝，並說：

「話說，我還真是嚇了一跳呢。這種香水前陣子才宣布停產並全面回收，知道它還在生產的，實在是少之又少。」

「……聽說是發現香料的原料有問題，才臨時停產的嘛。」

「是的……不好意思，能請您透露您是從哪裡得知這香水的事嗎？」

對於側眼瞥來的店員，拉斯以現出某樣東西作為答覆。

那是一只雕工細緻的銀殼懷錶。一見到蓋上所刻的紋章，店員就赫然睜大了眼。

「那不是雷歐哈特陛下的……」

「我懂知道真正停產原因的你在提防些什麼，不過，還是請你當我從沒來過吧。要是向別人通報我買這瓶香水，給陛下惹了麻煩……最頭痛的恐怕是這間店，還有你自己。」

可是——

「只要口風緊一點，不要亂打聽，就什麼事都沒有了，也不用擔心惹誰生氣。寫帳簿的時候，你就安安靜靜地把賣出這瓶香水的時間寫在回收日期之前，然後忘了這件事吧。這可是為了你和這間店好。」

「…………我明白了。」

拉斯接過店員面色緊繃地送上的紙袋就付了帳，走出店門。

「真是的……我幹麼做這種事啊。」

並在沿店前道路走向城堡時唏噓地發起牢騷。

刃更請監視客館的女僕為他準備的——就是現在拉斯手上這瓶表面上已不在市面流通的特殊香水。

問題是，身為人類的刃更不太可能會懂魔界的香水；萬理亞或潔絲特是有可能知道，但這種情況下，應該會指明品項才對。

再說，刃更的要求本身就很奇怪——只要有店曾販賣佐基爾的遊樂場所用的焚香，或裡頭那些女子所用的香水，就向他們購買在佐基爾死後突然停賣的香水——這就是他所提的要求。

一般而言，現任魔王派沒必要滿足敵人的這種要求，不過刃更他們現在是雷歐哈特招待的ＶＩＰ。且事前還說過，若有任何不便大可儘管開口；假如準備不了他們需要的東西，恐有失顏面。

巴爾弗雷亞想得沒錯，長期伺機向佐基爾復仇的拉斯，當然對他的遊樂場做過詳細調查；不僅知道符合其要求的店，並為調查而加入了會員。原本，巴爾弗雷亞不太願意讓拉斯準備給刃更的東西，擔心他們再有所接觸，然而他也只能這麼做。拉斯加入會員是為了調查佐基爾，使用本名容易被他發現，冒用其他貴族名門的姓氏也禁不起對方究查，便直接用假名註冊。若不交給已有往來的拉斯，單純指派侍女等下屬代辦，多半會引起店家的戒心，不肯拿出緊急回收的問題商品。可是──

……小刃那傢伙到底想做什麼？

拉斯踏過鋪石步道，思索刃更的真意。

刃更幾個締結的是夢魔催淫特性的主從契約，且能藉服從加深主從關係而提昇戰鬥力。現在刃更應該正忙著最後衝刺，使澪她們更加屈服，可能想利用象徵色慾的佐基爾所用的特殊道具助興──這是路卡聽說這回事後做的推測。這樣的可能性的確並不是零。拉斯與刃更聯手對付佐基爾時，曾見過他當時那冰冷得有如絕對零度的眼神；知道他是個一旦定下非達成不可的目的，能夠不擇手段的人。

……但是。

無論怎麼想，都不覺得事情有這麼單純。

佐基爾是澪不共戴天的仇敵，用他用過的道具，別說要澪屈服，恐怕還會引起嚴重的反效果。雖然他或許是打算藉此引發更強的詛咒效果，讓她屈服得更徹底——

……不對。

使用佐基爾的道具，可能連潔絲特的心都會蒙上陰影。她現在與刃更結了主從契約，一定很想遺忘曾是佐基爾屬下的往事——甚至恨不得消除那段記憶，刃更不太可能會願意讓她想起那種事。

……況且。

假如他真的選擇那麼做，無論如何都需要那種東西的幫助，潔絲特應該會懂得他的需求；而雪菈能用她所提供的資訊，做出一樣的東西。

因為——佐基爾在遊樂場使用的焚香及香水，全是具有史上最偉大夢魔美譽的雪菈，在多年前配製的產品；假如真有必要，會在出發前就請雪菈準備才對。甘願來到這裡後，冒著被敵人混摻毒物的風險要求它，表示——

……不會錯。

那是刃更發出的訊息——但對象不是拉斯，而是曾與他聯手的瀧川八尋。然而，刻意指定「停止販售的香水」，讓巴爾弗雷亞認為刃更這個要求與後天的決戰有關，八成不會准許拉斯將香水直接交給刃更；而且交出去前必將一滴也不放過地徹底檢驗成分，調查刃更他們的想法或目的，以及拉斯是否以補給為掩護給予協助。

……可是。

刃更應該也曉得會有這種事。

這麼一來，他的目的究竟是……

「——喔？」

當拉斯更深入思考時，忽然感到懷中產生微弱的魔力反應，手探入胸口內袋。

取出的，是一支黑色的行動電話。由於電池內裝了特殊的魔力晶片，在魔界也能正常使用。巴爾弗雷亞曾為防止拉斯聯絡刃更而要他交出去，結果給他的是偽裝用的冒牌貨。

雖然巴爾弗雷亞馬上看穿，要拉斯交出真手機——

……可是我怎麼會帶著真貨在他面前晃呢。

拉斯身上準備了多個假機子，將第二支交給他就躲過了巴爾弗雷亞的追究。現在拉斯手上的，才是和刃更聯絡時所用的真手機。

液晶螢幕上，顯示他收到一通簡訊，傳訊的是誰就不必多看了。

畢竟知道這隻號碼的，就只有刃更一個；而刃更也很清楚，拉斯只有確定四下無人且安全無虞時，才會查看手機內容。

傳這通簡訊，多半是為了尋求協助吧。

「很不巧啊，小刃……我現在不管你想求什麼。」

拉斯操作手機，帶著苦笑的聲音自然地流出口中。

現在的自己已不是瀧川八尋……既然已經對佐基爾報了仇，繼續和刃更合作的益處極為有限，不如好好當雷歐哈特的戰友拉斯，助他一臂之力。

因為幫助那年輕魔王替養父母復仇，達成他徹底改革魔界的野心，是完成拉斯當前心願的最短途徑。

想剷除樞機院——將那些與佐基爾半斤八兩的老賊一網打盡的，可不是只有雷歐哈特一個而已。那個連佐基爾也遠不及的敗類——貝爾費格，更是無論要用多狠毒的手段也非收拾不可。

然而繼續待在穩健派，恐怕難以如願。

——所以現在，拉斯才會站在這裡。

他接下來做的，是查看刃更的簡訊。

為了將內容告訴雷歐哈特，使後天的決戰更加有利。

11

刃更對澪的亢奮，無論洩了多少次也不見消退。
也許是憋到現在慾望終於爆發所導致，抑或是雪菈的藥效就是這麼驚人。
過去只要稍喘口氣就會恢復的理性，也依然被他拋得遠遠的。
然而——澪也似乎是因為仍受到刃更影響而處於催淫及魅惑狀態的緣故，不管經過多麼強烈的高潮也沒有失去意識，就這麼在不斷傾注的高潮快感中，為自己能比任何人都更服從刃更感到無比的喜悅，讓他予取予求。
在這個誰也阻止不了他們的狀況下，澪更受到了刃更的徹底調教——
「啊嗯！……哈啊、嗯……呀啊！哥哥……呼啊、哥哥——呼啊啊啊♥」
而現在——化為慾室的浴室中，澪表情恍惚地以騎乘位的方式跨坐在刃更髖間淫亂扭腰。刃更的手由下恣意抓揉她的雙乳，而他的陽物則是理所當然似的一直插在澪的內褲裡。
——進浴室這兩小時來，刃更與澪的狂宴一刻也不曾停歇。
這期間，兩人身上始終包覆著淡淡的金光。

主從關係及戰鬥力，都不知獲得了多少次提昇。

起初單方面受刃更刺激而高潮不斷的澪，如今已能任快感融化她的意識，並主動服侍刃更。她以由前溜進內褲的雙手包住刃更的陽物似的握著，隨刃更反覆向上頂的動作擺動自己的腰，咕啾咕啾地猛搓。

這是個只要角度稍有不慎，就會不小心衝破底線的危險行為……但是刃更的尺寸，可沒有那麼容易進入未經人事的澪體內。

……沒錯。

所以澪毫不擔心，不停縱情地上下擺臀，並以最銷魂、黏膜能在內褲中彼此摩擦的角度扭腰；刃更的粗筋隨之一來一往地刷過澪的陰戶，兩人的興奮與快感霎時飆高。

「────！」

「！───呼啊啊啊啊啊啊啊啊啊啊♥」

刃更射精的同時，澪也在他腰上猛一後挺，劇烈地高潮。

兩人滿溢內褲的分泌物，自然受到刃更陽物的攪弄，打出世上最淫穢的發泡玉露。

「嗯……唔……哈啊、呼啊……嗯……！」

澪就此向後倒下，刃更隨即放開她的胸部抓住下臂，往自己拉過來摟住，左胸乳頭也因此衝向他的嘴。

「！……啊嗯！呼啊啊啊……♥」

刃更當然是將它吸進嘴裡，讓彷彿被他壓在底下的澪連聲嬌喘。腰會不由自主地扭動，是因為刃更雙手繞到背後伸進內褲大把抓下，五指都深陷臀肉所導致。被抓成粗鄙形狀的屁股每次搖晃，內褲就跟著滑落一分，使屁股漸漸加大暴露的比率。

距離完全脫下，只是遲早的問題吧。

……再這樣下去，我們……

說不定會真的跨越不該跨的底線……澪沉浸在刃更猛吸乳頭的快感之餘，思考著接下來可能發生的事。

——當然，澪本身並不希望那麼做。

因為一旦將貞操獻給刃更，可能會失去自己體內的力量。

……可是。

假如刃更想要，自己一定不會拒絕……澪心中，懷有如此不堪的肯定。

成瀨澪無疑會接受東城刃更。

不久，到了內褲滑到大腿邊的那一刻——

它右側的繫帶忽然斷了。

……咦……

第2章
思慮與慾望的纏縫間

發現這事實的瞬間——成瀨澪冷不防遭到強烈睡意的侵襲。

……奇怪，該不會……？

沒有錯……刃更所喝的藥的催淫及魅惑效果也停了。

澪的肉體與精神，都憶起了至今累積的疲勞。

——澪幾個女孩的內褲，是雪菈準備的。

說不定，她是看出她們已有可能跨越底線，而預先做了某種「保險」吧。

「刃更——……」

即使意識急速遠去，澪仍喚出使自己如此徹底服從的主人之名。

「……沒事了。」

刃更嘴放開澪的胸部，在她耳畔細語。那聲音，屬於她平時熟知的刃更——所以就此安心地閉上眼睛。

同時忘卻為了追上柚希和潔絲特而產生的，近似嫉妒的感情。

甚至現在的自己，已能對這比誰都更重要的少年，獻上自己所能做的一切而產生的自負，也都忘了。

只感覺到，唯有這一刻能獨占他溫暖的小小幸福。

接著——幾分鐘後。

「…………嘿咻。」

刃更抱著昏厥的澪回到寢室，將她放上床鋪。

東城刃更所珍愛的少女們，隨即在床上彼此依偎，睡成一團。

「————」

刃更因這景象自然地放鬆表情，注視她們的睡臉。

那全是對自己極為重要——所以誓言守護的人們。

一群有如家人的少女。可是——

「…………來啦。」

那祥和的表情很快就消失了。

因為置於床頭櫃的手機，告訴他收到了新的簡訊。

於是他隨即解除需要認證指紋，及特殊氣場波型的手機鎖。

以冷若冰霜——絕不會在深愛他的少女們面前顯露的眼神，查看簡訊內容。

第3章 挑戰未來的戰士們

1

左右魔界未來的兩大勢力——即將展開決戰。
作為擂台的古代競技場，已擠滿了為見證這歷史性的一刻而來的觀眾。
種族五花八門的觀眾們，大半是倫德瓦爾的居民。
這些現任魔王派的子民，全都相信並企盼雷歐哈特等人會獲得勝利。
鼎沸的歡呼中，有個人佇立在滿注視線的擂台上。
那雙目輕閉、文風不動的青年，正是年輕的魔王雷歐哈特。
「……………」
雷歐哈特儘管沐浴在觀眾投來的信賴眼神及期許聲援中，心裡卻壓著堪稱惆悵的情緒。
——雷歐哈特為了進行真正有意義的決戰，戰場起初是選在某個一般人看不見的地方，
讓身為魔王的自己不留下一絲遺憾——更重要的，是賦予這場決定魔界未來的戰鬥應有的格

調。

然而，半途介入的樞機院並不滿足於強行添加代表名額，還對這場決戰抹上濃妝，簡直成了某種劇場型盛會。

當然雷歐哈特也明白，從政治觀點考量，公開決戰能夠更加宣揚勝利者的威嚴。對於冀望消滅樞機院，從而一統魔界的雷歐哈特而言，那並不是壞事。可是——從觀眾進場的那一刻起，這場政治性的決戰就品格大降，且免不了產生濃厚的表演性質。

——儘管如此，雷歐哈特到最後都堅持不帶一點戲謔地進行決戰。

也就是這以七場一對一的決鬥一較雌雄的決戰——但現在，現任魔王派的代表只有雷歐哈特一人站在舞台上。

若要代表聚集在觀眾面前且一一介紹身分或出場順序，這場戰鬥就會降格成比賽——而戰爭也會淪為兒戲。

因此，這場決戰不會在開始前向觀眾公布各勢力的代表成員，也不會透露各自出場順序，使雙方對決鬥保持緊張。

而顧及對觀眾的基本尊重，不能說開始就開始，所以在戰前為雙方首領安排了一場會面，雷歐哈特人在擂台上就是為此。

雷歐哈特這些想法和覺悟，在樞機院眼中恐怕是毫無意義吧……對活了太久而悶得發慌的他們而言，現任魔王派與穩健派的決戰、這魔界的未來，都只是他們用來排解煩悶的娛樂罷了。

不過——雷歐哈特並不放在心上。

無論樞機院有何企圖，打算犯下什麼樣的惡行，都不會改變他唯一的使命。

……你們這群老賊，給我等著瞧吧。

雷歐哈特從擂台上仰望樞機院所在的特別觀覽室，在心中默想。

穩健派之後，就是你們了。接著——

……姊姊……

雷歐哈特眼前浮現出離這裡有段距離，人在倫德瓦爾城的莉雅菈。

西塔的密室中，設有能夠接收轉播影像的魔導裝置，她現在應該也看著這裡吧。儘管想進入西塔最頂層，會受到重重結界阻攔，雷歐哈特仍派了加爾多護衛她，以便安心戰鬥。加爾多的右臂雖尚未復原，但只要有他陪伴，雷歐哈特就夠放心了。

……再來，就等我完成該做的事。

莉雅菈是雷歐哈特相誓相守的人。

絕不能當著她的面，在這場決戰中丟臉。

「————」

雷歐哈特將視線挪回前方，倏然瞇起雙眼。通往決戰對手穩健派休息室的通道深處——緩緩浮現人影。

晚雷歐哈特幾秒後，觀眾也察覺到同樣狀況，場中頓時鴉雀無聲。

那是對即將現身的穩健派代表叫罵前的寧靜。

在緊張驟然倍增、一觸即發的氣氛中——穩健派代表仍無懼於如此壓力，踏入競技場。

剎那間——

『————』

觀眾預備好的怒吼沒能衝出口——只能聽見屏息的寂靜。

因為出現在他們視線彼端的少女，存在感強得奪去了他們的聲音。

來到擂台上的，是以黑色緞帶高束左右長髮的少女。即使穿的是魔族看不出哪裡好的人類特有服裝，她那傲人的身體曲線依然一目了然——看得出佐基爾無視於雷歐哈特想獨占她，要的不只是威爾貝特的力量，還有她本身。

「…………」

她意志堅定的炯明雙眸鎖定雷歐哈特，注視著他步步前進。上次見面距今的兩天時間內，究竟是發生了什麼事呢——少女的可愛儀態依然不減，但也散發著判若兩人的絕色風華。見狀——

第③章
挑戰未來的戰士們

「…………是妳啊。」

雷歐哈特同樣注視她的雙眼，低聲這麼說——彷彿稍感意外。

這是雙方代表的戰前對話，原以為會是穩健派首領拉姆薩斯或是東城刃更。

「沒想到，妳會負起代表他們上台的任務……那是穩健派終於統一意見，要妳成為下任魔王的意思嗎？」

少女一上台就來到雷歐哈特眼前，答道：

「才不是……我一點也沒有統治穩健派的意思。」

少女——成瀨澪，不閃不躲地直視雷歐哈特說：

「可是……就算這樣，這還是我的戰鬥。儘管我一次也沒見過我的父親——前任魔王威爾貝特，也不想要繼承他的力量，可是這仍是我的戰鬥。」

而且——

「開始之前，我有句話要先告訴你。這場決戰，我不是以前任魔王的女兒的身分來的……而是以成瀨澪這個人的身分而戰。」

還有——

「等著瞧吧，我……我們，一定會打倒你們。」

「妳愛怎麼想都可以……無論如何，結果早就是定局了。」

對於澪眼神堅定的宣言，雷歐哈特也沉著地表示自己同樣絕不退讓。就在這時——

「——決戰前的代表對話，到這裡就夠了吧。」

有個人從旁如此喊話。轉頭一看，一名樞機院議員踏上了雷歐哈特與澪所在的擂台——是馬多尼斯。

「……貝爾費格呢？」

雷歐哈特並不是對樞機院議員在此出現有意見，因為他們已經講定，由樞機院主持整場決戰的開始及結束；而擔任這個工作的，應該是樞機院議長貝爾費格。

「貝爾費格閣下啊，他還沒到……畢竟他現在整個心思都放在那座遊樂場裡嘛。說不定對他來說，玩女人還比陛下的戰鬥更有意義呢。」

馬多尼斯苦笑著對皺眉的雷歐哈特說：

「可是陛下，請您儘管放心……不才馬多尼斯，會代替貝爾費格閣下接掌這場決戰的主持工作，保證不成問題。」

「…………………」

「怎麼啦，殿下，有什麼好擔憂的嗎……？」

「……沒有。」

計畫出了點亂流……雷歐哈特在心中呢喃，並修正軌道。

第③章 挑戰未來的戰士們

……還以為樞機院會打算針對我呢。

對維爾達城的攻擊會失敗，直接原因在於貝爾費格的屬下涅布拉半途叛變。樞機院將那場叛變定調為涅布拉個人的專斷獨行，以一句「這與我們無關」與他切割逃避責任……但樞機院企圖暗殺加爾多的事實仍在現任魔王派內造成強烈反彈，開始嚴重動搖樞機院的支持度和權威。只要雷歐哈特接著跨越樞機院的阻撓，在決戰中戰勝穩健派，樞機院很容易一舉失去現有的政治力及影響力，從過去的至高地位跌落谷底。因此，議長貝爾費格多半會在這裡主導樞機院予以反擊，以免失勢。

……不，難說。

那個貝爾費格極其狡猾，就算要對雷歐哈特不利，也可能提防他突然反咬而故意不來競技場；如同雷歐哈特不請莉雅菈到特別觀覽室就近觀戰，將她留在西塔一樣。

現在，他一定是待在藏身處——被他占為己有的佐基爾的遊樂場，在女人的包圍下觀賞這場決戰吧。

「沒問題就好。那麼，差不多可以開戰了吧？」

見雷歐哈特沉默不語，馬多尼斯這麼說之後，將視線轉向澪。

「穩健派也準備好開戰了嗎？」

這時，他若有所指地「哼」一笑，又說：

「和妳結了主從契約的東城刃更……好像還沒現身呢？」

「………………」

馬多尼斯的話，使得澪一語不發地沉下表情。

……原來如此，是這麼回事啊……

事情相當單純。澪代表穩健派站在這裡並不是因為任何政治考量，而是迫於無奈。

——樞機院希望永遠將魔界操弄於股掌之間，礙眼的當然不會只有雷歐哈特一個，穩健派也是眼中釘。

再說，除了與穩健派會合但留在維爾達的迅以外，刃更能和那個加爾多過招，又阻止了涅布拉引爆高階英靈而毀滅維爾達，對樞機院是個威脅性比澪更大的不穩因子。

而且，刃更還是澪這些女子參戰成員的精神支柱。

……換言之。

只要刃更一個不在，要擊潰代表穩健派少女們就容易得多了。

從澪的情緒稍有震盪來看，刃更的缺席純屬意外。

這麼說來，他很可能是在某處遭到偷襲……從馬多尼斯的語氣來看，刃更失蹤或許和樞機院有關。

……這樣啊。

雷歐哈特本身是很想會會能夠擊退加爾多的刃更，但看來是沒機會了。不過——雷歐哈特對他沒有一點同情。

這是戰爭，對他們而言，這裡是敵陣；儘管如此，雷歐哈特仍給予刃更等人萬全的安全保障——只要他們不出客館。

假如遭受襲擊，就表示刃更憑自己的意思離開了客館。

雷歐哈特並沒有接獲相關報告，可見他瞞過了監視的侍女。若他沒考慮過，在敵陣擅自行動會遭遇怎樣的危險，那當然是他自己的錯，不值得任何同情。

「——看來妳是同意了。那麼，就讓我來開個幕吧。」

樞機院的二號人物對不發一語的濹深深一笑，接著在身旁開啟擴音魔法陣，宣告道：

『各位觀眾——我們現任魔王派以及穩健派代表的決戰，現在正式開始！』

在滾滾沸騰的歡呼中，馬多尼斯首先從決戰規則說明起。

方式是一對一，不限時間。為保障觀眾安全，在戰鬥開始的同時，擂台上的空間會成為與觀眾台不同次元的獨立空間；同時，此空間內的環境及範圍，也將會轉變成合適雙方的戰鬥地形。接著——

『一旦有一方無法戰鬥或自願投降，即分出勝負。無法戰鬥，當然也包含死亡；但若繼續攻擊或殺害投降的一方，將當場沒收勝利……在這情況下，只算雙方平手，並非戰敗。由於這場決戰終究是戰爭，不是比賽；這樣的判法，是為了保持其實戰性質。』

說到這裡，馬多尼斯向雷歐哈特大手一揚，繼續說：

『另外……穩健派勇闖我們這個敵陣，又接受我方臨時改變原訂的戰鬥形式；為了向他們的勇氣表示敬意且保持公平，雷歐哈特陛下特別施恩，自願讓步——若能戰勝陛下，即可獲得三倍勝場數……也就是一次獲得三勝。』

馬多尼斯這番對於穩健派的讓步宣言，頓使觀眾一片譁然。

……居然說成這樣。

雷歐哈特當初不得不將原先設計的團體戰改為一對一決鬥，是因為樞機院要強行安插自己的屬下出戰，而且是一次三個……儘管沒有過半，但帶著這麼多對方的爪牙打團體戰，風險未免太高；要是走錯一步，勝負結果很容易受到樞機院的操控。而對於不知情的人而言，或許會將這種規則視為雷歐哈特的自負吧。可是——

……隨他們怎麼想。

連這種逆境都克服不了，怎麼能達成自己與莉雅菈的誓約呢。在雷歐哈特暗自加深覺悟時，馬多尼斯眉開眼笑地面對觀眾的疑惑，似乎樂在其中，並以誇張口吻煽動他們的期待。

『各位不必擔心。我們樞機院相信……就算在這種條件下，以陛下之神武，一定能打得穩健派潰不成軍，成為比過去任何人都更有資格統治魔界的絕對王者！』

緩緩高漲的興奮叫喊不久就成為陣陣巨浪狂濤，淹沒競技場每個角落。

此刻，決定魔界未來的舞台才終於布置完成。

『好了，時辰已到……決定魔界未來的命運之戰，現在正式開始——……』

2

馬多尼斯發表開戰宣言後。

雷歐哈特轉身邁步，返回己方陣營的休息室。

但澪卻與雷歐哈特不同，仍留在擂台上沒有動作。

……所以前鋒就是成瀨澪吧。

對於澪等人來到魔界的目的，雷歐哈特已從拉斯的報告掌握概況。

若是澪要代表穩健派出戰，且透過這場決戰脫離魔界政治算計的束縛，最好是避免留到最後而對上雷歐哈特。前任魔王的女兒與現任魔王對戰，在觀眾眼裡無疑會成為魔王寶座爭奪戰。她贏了，就會被拱為新魔王；然而要是輸了，恐怕會遭到「有辱偉大魔王威爾貝特之名」等非議。

……然而。

穩健派應該知道現任魔王派會以雷歐哈特擔任主將。澪若想降低存在感，就不只是主將戰，連最顯眼的前鋒戰也該避開，留待次鋒、三將、中堅等與勝負較無關連的順位再出場比較好。

……因為「這是她的戰鬥」嗎。

為了不再被捲入戰鬥而戰——儘管矛盾，但仍能感到澪對這場決戰的信念與決心，都相當地重。

——不過，那並不值得敬佩。她有不容妥協的信念，這邊何嘗不是如此。於是，踏入通往休息室的通道時，雷歐哈特說：

「…………你在發抖嗎？」

「沒、沒有……我沒事。」

回答雷歐哈特的人，緊緊握實了拳。

那是擔任現任魔王派前鋒的少年——路卡。

但他的表現與回答相反，稚氣未脫的臉龐上滿是藏不住的緊張。

這是當然。路卡自己也很明白，前鋒在這場決戰中的重要性。

緊張與恐懼……這兩種情緒，現在一定是亂糟糟地揪成一團。

所以雷歐哈特的手輕輕按上他的肩，說道：

「路卡……雖然你年紀輕輕，對魔導器的鑽研在魔界已經是權威級地深了。不只是我，還有巴爾弗雷亞、拉斯，甚至是加爾多，都很認同你的能力。」

「…………！」

雷歐哈特嚴肅地述說事實後，路卡不禁渾身一顫。那是能為他消除多餘緊張，但不會讓他過攬責任的求勝心所造成的——臨陣之顫。

接著，雷歐哈特再一次地激勵與他視線相交的路卡：

「難道你以為我們這麼信賴的你……會比只是繼承了前任魔王力量的女孩子還差嗎？」

「…………不會。絕對不會的，雷歐哈特陛下！」

第一次的否定雖然輕弱……第二次卻是鏗鏘有力。當路卡抬頭望向擂台，表情已煥然一新。

「我一定會贏……！」

這麼說著走向擂台的路卡，不再是個少年。

而是踏著穩健步伐邁向戰場的，名副其實的戰士。

3

成瀨澪注視著自己的決鬥對手——現任魔王派的前鋒踏上擂台。

是一名外貌與萬理亞同樣稚嫩的少年。

——話雖如此，澪並不會因為外貌低估對手。魔族的年紀不一定與外表相符，而且看起來年少可愛，並不等於實力軟弱。

然而——從這名站到她眼前的少年，感覺不到任何顯示戰力高強的架勢或氛圍。他雙手小心翼翼地抱著一本字典般的巨大書冊，似乎是他的武器；不過他抱得有點辛苦，當武器來用又容易妨礙動作，破綻反而大。澪下意識地進行如此分析後，重新意識到他是現任魔王派所選的先鋒，便警戒地問：

「……你就是我的對手嗎？」

將與她對決的少年立刻答：「對。」

「——可是，實際戰鬥的不是我。」

如此宣言後，少年在右手翻開書冊，同時不遠之處——擂台地面上布展了魔法陣。從裡頭緩緩浮上的東西，使觀眾席間響起一陣驚呼。

最先出現的是個巨大的頭……接著是滿覆厚實肌肉的肩膀、上半身，最後是更為強壯的下半身、腳掌，澪的「決鬥對手」終於完全現身於她的眼前。澪曉得那是什麼，因為她在日前現任魔王派在維爾達進行的攻城戰中見過類似的東西，只是外觀與尺寸皆不同。

「英靈……」

澪喃喃地這麼說之後——

「沒錯。但是，這具英靈和之前攻擊你們時所用的英靈是不同類型；當然，和樞機院派的人後來所用的高階英靈也不同。它不會被動地執行命令，而是能配合狀況思考戰術，並加以實行的完全自立型高等戰術英靈……在魔神戰爭時代的紀錄，也只有出現過幾具而已。」

立於巨大英靈旁的少年如此回答。

「我是用上所有的知識和經驗才跟它重訂契約的……雖然沒有親自上場，可能會讓妳覺得很卑鄙就是了。」

聞言，澪對稍微垂下眼的少年說：

「我無所謂……你也是用你自己的力量戰鬥啊。」

就像刃更利用速度，萬理亞利用力量，柚希利用她多樣的招式一樣，澪也是運使自己的魔法來戰鬥；而眼前這個少年，只是以他的知識為武器而已。如果這樣卑鄙，就等於否定所有使用異能的戰鬥。

所以，澪並不介意。

接著——在雙方都認同自己的對手、準備開戰後，整個擂台便如同馬多尼斯的說明，切換成適合澪和英靈戰鬥的模擬空間。

那熟悉的街景，是她日常生活的一部分，也是過去與勇者一族決鬥的地點——距離東城家及聖坂學園最近的車站。

時值傍晚。除了並不實際戰鬥的路卡，以及澪和高如站前大樓的巨大英靈外，這空間完全沒有任何人，只有駕駛汽機車的人形薄影，在車道上來去。與其說複製了車站前的空間，更接近整個情境。

「……原來是這樣。」

成瀨澪喃喃地表示理解。澪期盼安穩的日常生活，現任魔王派想得到她繼承的威爾貝特的力量，將她視為必須排除的威脅；就某方面而言，在此與英靈戰鬥比其他地方更有意義。

對這戰場感到滿意後，現代化的站前廣場傳出突兀的聲響。那來自擂台邊設置的大銅鑼——表示戰鬥開始。隨後——

「————」【————】

澪與巨大英靈幾乎是同時動身。為了拉開距離，以爭取詠唱強力攻擊魔法的時間，澪第一步選的是飛行魔法。而英靈的第一動，則理所當然地使出將其巨大身軀運用到極限的攻擊——揮出它巨大的拳頭。

第③章
挑戰未來的戰士們

——然而，英靈的拳並不是往澪直線砸下，而是畫出曲線軌道的鉤拳。

因此產生的是犧牲最短直線距離而些微損失的時間，及補足它也綽綽有餘的二次攻擊。

「！——」

見狀，正發動飛行魔法的澪抽了口氣。

英靈的鉤拳擊中了目標——但不是澪，而是戰前的大樓。

在破碎聲中潰散的大樓，頓時成為挾帶大量玻璃碎片及砂石的衝擊波洶洶逼來，要將其周圍與澪一口吞沒。

接著，在那驚人的廣域攻擊之後——是英靈巨大右拳的追擊。

隔離在戰鬥空間外的路卡，從擂台邊見到了那瞬間。投射在擂台上空的戰鬥空間內部影像，映出大量砂石淹沒澪的畫面，以及英靈向她揮拳追擊，轟出天搖地動的爆裂聲，將人界都市——那一帶區域夷為平地。目睹這一幕的觀眾們，也為那有如隕石撞擊地表的衝擊所震撼而興奮地高呼不已。

「…………」

滿場喝采中，只有路卡表情依然嚴肅。他本身雖沒有戰力，卻擁有一雙敏銳的眼睛，清清楚楚地看見——在英靈揮拳的衝擊消滅站前廣場前，有個東西飛出大樓爆碎的煙塵。

畫面隨即由仍半跪在原爆點中，拳抵著地的英靈身上轉到遠方空中——在紫紅天空中高速飛翔的成瀨澪。

即使遭到挾帶大樓碎片的衝擊波吞噬，身上卻沒有任何傷痕。

不僅如此，衣物也見不到一絲絲髒污。

雖不知是如何辦到的，她總歸是毫髮無傷地避開了那一擊。可是——

「——還沒完呢。」

當路卡如此低語時，畫面又回到英靈。它拔出刺入地面的拳緩緩站起，轉向東北角。

【————】

然後雙眼一瞇——緊緊盯住飛翔於視線彼端的敵人，蜷縮其巨大的身軀蹲下。

預備接下來的追擊。

成瀨澪乘著疾風飛上天際。

她能逃出挾帶大樓碎片的衝擊波，仍是拜飛行魔法所賜。

——但是，她並不是在煙塵吞沒她之前就及時脫離。

當時——瞬時逼近的衝擊波範圍極廣，必須儘早遠離那漫天漫地的砂石亂流。假如她直接使用飛行魔法升空，柏油及玻璃的碎片肯定會將她劃得衣衫襤褸、遍體鱗傷；不過，她也不是暫停飛行魔法以展開護壁，最後再以飛行魔法離開——如果慢吞吞地做這種事，她多半早就被英靈接著砸下的那拳轟得找不到一點殘渣了吧。在那麼短的時間內張設的護壁，絕無可能抵擋巨大英靈的攻擊。

於是她繼續詠唱飛行魔法，並施放它——但對象不是自己，而是周遭空氣，並就此成功地連同化為狂風的周遭空氣，藉由將自己包覆在風構成的護壁中的方式，安然脫離衝擊波。

「！……總算是成功躲掉了。」

澪吐了口大氣後，選在英靈消滅站前廣場時造成的衝擊範圍外——距原點三站的出站電車上降落。

在施放飛行魔法時詠唱強力攻擊魔法，需要耗費額外的時間；在集中力分散的狀況下，也使不出應有的威力。若停在行駛中的電車上，就能在遠離英靈的同時，集中詠唱攻擊魔法。很幸運地，澪降落在特快車上。這空間忠實重現了目標世界的情境，因此下一個停靠站，將離原點六站之遠；能以比普通車更快速、更長距離地遠離英靈。

絕不能放過這個機會。

「————」

因此，成瀨澪即刻誦起攻擊魔法。然而，在視線彼端逐漸遠去的巨大身影，竟蹲下似的蜷成一團。

它想做什麼……這疑問馬上就解開了。那就像野獸在腳下一舉釋放體內積蓄的力量，以最大的爆發力撲向獵物一樣。

才覺得頭皮發麻，想像就成為了事實。這英靈單手就將站前一帶轟成平地……而腿又遠比手臂來得有力；當那樣的腿使盡全力蹬地，那龐大的質量便瞬時以火箭也遜色的可怕速度彈射而出。

巨大的身軀一轉眼就穿越它轟出的廢墟，將平行於鐵軌南側的大河當水窪般踏過，直線輾平其面前的城鎮，朝澪所站的特快車逼來。

「！……可惡！」

澪倉促施放爆炎魔法。魔法陣釋出的巨大火團燃燒著周圍空氣竄過空中，直接命中了英靈頭部——在劇烈爆炸聲中，將英靈的巨大軀體包覆在灼炎之中。

「———？」

可是，澪錯愕地睜大了眼。英靈即使遭到魔法擊中頭部，速度也絲毫無減地衝破澪的火焰。當然，那一擊只是為了拖慢它；但澪可沒有因此降低威力，英靈已被她轟掉半顆頭。沒想到——

第③章
挑戰未來的戰士們

【──────】

英靈不僅是持續疾奔，毀壞的頭部還時間倒流了似的，一下子就修復還原。

「怎麼會……！」

真是難以置信的自癒能力。襲擊維爾達的英靈，只要頭部遭到破壞就會暫時癱瘓，所以澪才直接攻擊頭部……在這種狀態下還能快速復原，簡直是不死之身。不過澪沒有時間訝異，英靈熱刀切奶油似的穿過幹道邊的巨大賽馬場，轉瞬逼上前來──一追到末節車廂，反手拳就橫掃而出。

「喝啊啊──！」

澪向後跳開，同時往腳下施放疾風魔法。隨之而生的風刃帶著尖銳的金屬聲切斷車廂連結──緊接著，她原先所站的第五節後的所有車廂全被「砰鏗！」一聲打成く字，遠遠向橫飛去。

千鈞一髮地避開攻擊之際，澪與英靈的距離也稍微拉遠，於是立即誦起攻擊魔法──

【──────】

不過英靈無視於澪所在的列車遠在其伸手不及的位置，繼續下一步行動。

它左手半張，要挖起地面似的向前猛攞──並在挖開地面之前，緊緊抓住了某樣東西。

是電車鐵軌。知道不妙時已經太遲，英靈將鐵軌一口氣抽離地面，把澪連同行進中的特快車甩上空中。

「！——」

這逼得澪臨時將攻擊魔法改為飛行魔法，並反射動作似的像前一次那樣，以周圍空氣為對象發動魔法，救了自己一命。英靈撈抓地面所掀起的衝擊波猶如巨大海嘯，撲向空中的澪，將她淹沒——在撲天蓋地的砂石衝擊波中，澪選擇的逃脫路線，是正上方。

現在不能攻擊，非得先退避不可。於是澪將意識集中於飛行魔法，為與英靈拉開距離直線疾飛，一舉上升數千公尺的高空。

【————】

但眼下英靈再次猛然蜷身——下個瞬間，英靈以能在柏油路面挖出深坑的強勁力道一躍而起，沒用魔法也飛上了天。從地面彈射的巨大身軀，就這麼乘著快過飛行魔法的速度節節逼近。

……還有其他辦法嗎……！

自己絕不能輸——澪心急地這麼想。當然，這是分組對決；就算自己輸了，只要其他成員能贏，對澪來說同樣是勝利。

……可是。

刃更幾個是被自己牽連進來的。倘若自己輸了，又得依賴他們的幫助……往後無論自己多想和刃更與大家作伴，在他們身邊也抬不起頭。

在焦燥的催促下，解放威爾貝特的力量的念頭閃過澪的腦海，然而——

……絕不能那麼做！

正如同澪對雷歐哈特所宣示的，這是她自己的戰鬥。一旦在這裡使出威爾貝特的力量，就等於昭告這是穩健派與現任魔王派——前任魔王與現任魔王的決戰。大家是為了幫助澪從魔王之女的宿命、魔界的政治算計中解脫，才願意獻出自己的力量……而且是賭命相陪。

澪絕不能糟蹋他們的心意。

……刃更……！

面對愈逼愈近的巨大英靈，澪回想起對她而言比誰都重要的少年。

——昨天深夜，刃更獨自溜出客館後再也沒回來。

在敵陣單獨行動而遭對方發現，不必想也知道會有怎樣的後果。澪幾個擔心刃更過於冒險，曾求他帶上她們其中一個同行；但刃更直到最後都堅持單獨行動，一步也不讓。

『為了這場決戰，有一件事我無論如何都非做不可。』

刃更就只有這麼說，並向萬理亞趁做飯時以魔法操控的守門侍女，問清倫德瓦爾城的構造及守衛配置狀況後，留下一句「我盡量在天亮前回來」就趁夜行動了——結果，就此一去不返。

即使旭日高昇——決鬥都開始了，也不見人影。

聽萬理亞說，主從契約會在主人刃更死亡時立即失效，身為屬下的澪幾個一定會察覺；因此，至少可以確定刃更還活著。

而辨位功能的部分，則似乎和雪菈提過的一樣，由於主從契約層級提高，要是主人刃更拒絕，澪幾個便無法感測其位置。假如真是如此，表示刃更的意識正常，不需要太擔心；但若刃更是人在佐基爾藏身處那樣的特殊結界中，主從契約的效力遭到阻絕，是否平安可就難說得很。而且，樞機院這個名叫馬多尼斯的男人，知道刃更不在這裡。刃更能使用「無次元的執行」，對他們而言無疑是個威脅。要是他們發現刃更私自外出，很可能把握機會予以偷襲。可是——

……刃更絕對沒事的！

成瀨澪對東城刃更的信賴毫無動搖。

刃更事先也交代過，如果他沒回來，澪幾個應該怎麼做。

由刃更擔任主將、澪擔任前鋒，全都是安排中的事。

所以——他這次也不會例外，一定會回來。

對此，澪堅信不疑。

要是刃更回來，等著他的卻是自己敗陣的壞消息——

「丟這麼大的臉，以後我要怎麼見他啊……！」

刃更曾說，一旦面臨生死關頭就別再顧慮這場戰鬥有什麼意義，以保命為優先，儘管使用威爾貝特的力量，無論如何都得活下去。

於是——成瀨澪疾聲吶喊，釋放自己體內的力量。

當英靈在空中追上了澪而揮拳之際，路卡相信自己勝券在握。

……這下就將死她了。

在英靈那般質量與肌力所推動的攻擊面前，澪的護壁簡直形同紙片。就算她有辦法躲過第一擊，英靈也只會接連不斷地攻擊，直到分出勝負。

澪遲早會有躲不過或防不了的時候，即使遭受反擊，路卡的英靈也能瞬時修復傷害——儘管她使出繼承自威爾貝特的力量，用重力魔法將它壓成肉塊也一樣；而澪轉為守為攻時產生的破綻，將使得英靈反過來將她轟成肉塊。

……可以的話。

路卡個人是希望澪能在那之前主動投降。雷歐哈特確實是想要澪的力量，但不是非殺了她不可。雷歐哈特雖對外宣稱，威爾貝特的獨生女繼承了父親的力量，是個不能坐視不管的極大威脅；而他真正的目的，是取得有最強之稱的前任魔王的力量，作為打倒樞機院的王牌。一旦成功，就會以吸收穩健派的方式一統魔界。

為了達成後者，澪就必須存活下去。因此，雷歐哈特在佐基爾無視任務妄下殺手後立刻撤換他，選擇穩健派送來臥底的拉斯作為新任監視員兼護衛，以保障她的安全。即使這麼做，將大大提高了穩健派將澪迎來魔界，推舉她為新魔王的風險。當雷歐哈特接到樞機院的命令而不得不以英靈攻擊維爾達時，依然請求加爾多盡可能將澪活逮。這是因為雷歐哈特本身——對於澪原本在人界過著和樂生活，卻因為生為前任魔王的女兒而失去雙親，走上復仇之路的際遇，也深感切身之痛。

儘管如此，路卡也不能在樞機院面前放水。都走到了這一步，可不能輕易給樞機院藉口找碴。

所以——路卡沒有制止英靈。

英靈也在這一刻揮出足以將澪轟得灰飛煙滅的右拳。

「咦——……？」

這瞬間，路卡錯愕地發出疑問聲。

就在英靈的巨大右拳擊中澪之前——從拳面一直到手肘，整條下臂都汽化了似的霎時消散。

第3章 挑戰未來的戰士們

「那是……」

映出戰鬥空間內部的影像中，成瀨澪的身體正熊熊散發紅色的氣場。

「──怎麼會？」

英靈雖即刻開始再生，速度卻完全趕不上……英靈還來不及修復其肉體，就彷彿遭到澪所發出的紅色波動侵蝕般，逐漸蒸發而消失不見。

【──────】

英靈緊接著揮出另一拳，但那也無法接觸澪，在她面前蒸發似的消失。接連踢出的右腳也遭到同樣下場後，巨大英靈失去平衡，轟隆一聲墜落在城市中。

這段時間，已足以讓路卡想通發生了什麼事。

「英靈的肉體和自我修復能力，都被她一起蒸發了……？」

當路卡為那畫面震愕地低語時，澪已緩緩地降落在英靈身前。

澪陷入絕境時所選擇的，並不是使用威爾貝特的重力魔法。

而是自己本身擁有的力量。

──過去，澪也發動過這種力量，消滅了佐基爾的右手。

如今，與刃更的主從關係早已深得不能同日而語的她，一口氣解放了獲得高度提昇的，自己原有的力量。

而其結果，便是她眼前這倒地不起的英靈。

纏繞著澪的紅色氣場，使她周圍的空間也為之晃盪不定。

「……我知道你也為了某些目標，非贏不可。」

澪朝眼前的巨大英靈面部伸張右手，對想必在擂台上看著戰鬥空間轉播的路卡說：

「可是很不巧——我要抬頭挺胸地回去見刃更。」

同時，澪釋放的紅色波動從頭到腳地掃過英靈——將那巨大的軀體消滅得無影無蹤。

4

在另一間，不同於澪等人所用的穩健派代表休息室中。

「——看來，勝負是揭曉了。」

露綺亞見過戰鬥空間內澪的戰況變化後，道出第一戰的結果。此時，投影裝置在休息室牆上映出的，是跪倒在擂台上不動的路卡，以及平安離開戰鬥空間的澪。

「…………」

而露綺亞的主人拉姆薩斯，則是注視著澪的畫面，不發一語。

「太好了……這樣就一勝了。打贏前鋒戰很重要呢。」

有個人鬆了口氣似的，代替拉姆薩斯回答露綺亞那差點淪為自囈的話。那是自願隨同拉姆薩斯與露綺亞來到現任魔王派根據地的少女——侍女諾耶。諾耶是與拉斯從小在孤兒院一起長大的青梅竹馬……如今仍無法相信拉斯投靠了現任魔王派，苦苦哀求露綺亞帶她同行。

諾耶是穩健派另一大老克勞斯底下的小侍女，克勞斯在處理澪的方式上，又與拉姆薩斯是對立立場，露綺亞原本沒必要通融她。

不過，諾耶在克勞斯底下做事不是她自己的選擇，對拉斯的心意也單純是一片真情，再加上與她打成一片的澪幾個也曾請露綺亞照顧她——露綺亞便在取得拉姆薩斯和克勞斯的同意後，將諾耶暫時編在其名下作為隨行助手，替同樣代表穩健派參戰，並需要替拉姆薩斯打理雜務的露綺亞分擔工作。現在，露綺亞正看著牆上的影像，而諾耶則是在她眼角餘光中，替拉姆薩斯斟上新沏的茶。

畫面已經切換到澪返回通往休息室的通道，逐漸遠去。

「大人，趁這個機會和她說句話怎麼樣……？」

儘管明知多半得不到回答，露綺亞仍然這麼問了。

「……沒那種必要。」

拉姆薩斯答的話雖然簡短，但語氣相當沉重。

的確，就他的立場而言，是不該與澪公然接觸。

可是澪戰鬥時，他仍目不轉睛地注視著她的表現，連他最喜歡的茶也一滴未沾。

……真是殘酷。

這就是「他」所選的路。

在露綺亞不在場時，拉姆薩斯似乎和迅跟雪菈聊了很多——不知在他眼中，這場決戰該是怎樣的結果。

當露綺亞如此沉心思索時，拉姆薩斯盯著牆上的影像問：

「…………那傢伙的兒子回來了沒？」

「還沒……目前沒有那樣的通知，恐怕是……」

露綺亞很早就從澪她們那得知刃更失蹤的消息。

當形式改為七對七決鬥時，就幾乎等於露綺亞也得代表穩健派出戰；而在刃更失蹤的狀況下，拉姆薩斯很可能也得上場。

「是嗎……說了那麼多好聽的話，結果只有嘴巴厲害啊。」

對於拉姆薩斯的不屑之語，露綺亞難得表示反對意見：

第3章 挑戰未來的戰士們

「……要對刃更先生的評判下結論，再晚一點也不遲吧？」

拉姆薩斯對刃更當然是不抱好感，但露綺亞仍替刃更說些話。

「至少那個少年一直保護澪大人到現在……不僅為她對抗佐基爾，還在日前抵擋了現任魔王派的英靈。認同他這一部分，應該無妨吧。」

得到的回答是——

「…………瑪莉亞的事也是嗎？」

露綺亞對喃喃回答的拉姆薩斯點頭說：

「是的……那孩子也是被刃更先生拯救的人之一，柚希小姐、胡桃小姐和潔絲特相信也是如此。在刃更先生行蹤不明的現在，她們仍毫無怨尤地代表著我們穩健派上場拚鬥，而澪大人還負起責任重大的前鋒位置，成功拿下了第一勝。澪大人能有今天的戰力，刃更先生也有部分功勞；等決戰過後再對他下結論，我想絕不算遲。」

這次，拉姆薩斯什麼話也沒回。

就只是默默地看著牆上投映的影像。

當戰敗的路卡，和澪同樣地消失在通往休息室的通道後——穩健派的次鋒，取而代之地現身了。

在湧向那年幼夢魔的滿場噓聲中，露綺亞注視著畫面，在心中為她打氣。

——好好打一場，瑪莉亞。

瑪莉亞踏上擂台後——對手也很快就出現了。

擔任現任魔王派次鋒的，是在人界自稱瀧川八尋的青年。

房中每個人，都知道他是誰。

「拉斯……」

認識他最深的諾耶，更是悲傷地念著那畫面中兒時玩伴的名字。

5

擂台上，穩健派與現任魔王派的次鋒相視而立。

「我的對手是你嗎……」

「看來就是這樣，請手下留情啊。」

成瀨萬理亞毫不鬆懈地注視眼前這兩肩放鬆、語氣輕佻的青年。

——穩健派能分為兩大派系，一個是希望澪放棄威爾貝特的力量的拉姆薩斯派，另一個則是想藉推舉澪為新魔王振興穩健派的克勞斯派。

第3章
挑戰未來的戰士們

萬理亞與姊姊露綺亞同樣屬於拉姆薩斯派，起先並不知道克勞斯還藏了瀧川——拉斯這麼一手。當然，就潛入現任魔王派這麼一項機密任務的性質而言，萬理亞雖是澪的護衛，但仍只是個第一線戰鬥員，自然不會知道拉斯的存在；而知情的首領拉姆薩斯與其副官露綺亞等高層，沒有將消息傳遞給萬理亞，就表示他們認為沒有必要。因此，萬理亞不僅沒有受騙的感覺，反而因為拉斯在佐基爾事件中和刃更聯手，替她救出受困的雪菈，對他心懷感激與恩惠。

……可是。

若要如此以敵對身分交戰，事情就得另當別論。拉斯解決佐基爾事件而返回魔界後，就此與穩健派斷了聯繫；下一次現身，竟是在日前英靈襲擊維爾達後，將穩健派俘虜的加爾多劫出牢籠時，沒有任何辯解的餘地。然而，萬理亞還是想問：

「你背叛我們穩健派，轉投現任魔王派陣營，是因為你對佐基爾的仇已經報完的緣故嗎？」

與拉斯一起長大的諾耶，曾將自己對拉斯的想法告訴萬理亞，認為他投奔現任魔王派一定事出有因。萬理亞替諾耶問出她耿耿於懷的疑問後——

「喂喂喂，都什麼時候了，還問這種事做什麼？如果告訴妳『我有我的考量』，妳下手就會輕一點嗎？可以的話就太好了，能幫我省下很多力氣。」

「……………」

拉斯聳著肩這麼說，使萬理亞無言以對。

完全是意料中事。既然眼前這名青年，在堪稱最後決戰的這場戰鬥上選擇幫助現任魔王派，那就是完完全全的敵人。萬理亞雖能體諒諾耶為拉斯這兒時玩伴擔憂的心情，但她對澪的重視更是無法退讓。

——所以，萬理亞握緊右拳，擂台也在這時變了模樣。

戰鬥空間為萬理亞與拉斯選擇的環境——是夜晚的雜樹林，而且——

「這裡不是……」「……來這套。」

熟悉的景色，使萬理亞和拉斯同時如此低語。

兩人所立足的，是過去刃更、澪和柚希曾陷入死鬥的地點。

也就是東城家附近，都立公園中的雜樹林。當時萬理亞幾個是在四對一的狀況下好不容易才擊退拉斯，但他們其實是遭到拉斯的唬騙，他人早已神鬼不覺地溜走。

……原來如此，是要我們把那時候做個了斷吧。

於是，萬理亞輕跳著做起深呼吸，拉斯悠然以待。

當宣告戰鬥開始的銅鑼敲響時——雙方同時動身。

相較於澪一開始就拉開距離，萬理亞採取的則是完全相反的策略。

以幾乎貼地的全速疾奔，接近敵人。

由雙方的戰鬥方式來看，這是當然的選擇。萬理亞是力量型的肉搏格鬥士，自然在近距離下才能發揮真正價值；對上能夠操控黑色魔力球作戰的拉斯，距離拉得愈遠，狀況就愈不利。

——尤其棘手的，是拉斯能夠自由操控魔力球的數量、威力、大小及速度。

他恐怕能在其魔力允許範圍內，自由調節他創造的魔力球的威力或大小，甚至使其分裂；而且那可攻可守，泛用性高得可怕。然而，仍有個方法能奪去拉斯這能力的優勢——那就是縮短距離。

只要衝進他胸前，他就不能自由攻擊，否則有波及自己的危險。簡言之，刃更那時擊退他的方法，就是攻略拉斯的最佳解法。

——貼到最近距離，打得他措手不及。

想法一定，成瀨萬理亞便付諸實行。見到她低姿勢疾奔而來——

「——拜託妳也讓人意外點好不好？」

拉斯放出無數魔力球，同時射向萬理亞。

拖延萬理亞的彈幕，在相對速度下瞬時逼來。

「————！」

萬理亞以不規則的之字移動穿梭林木為應變，利用枝幹作為天然掩護，毫不減速地逼近拉斯；並在距離攻擊範圍五公尺那剎那，一鼓作氣向拉斯猛撲。

「在這時候跳起來……小心跳進死巷子喔？」

面對凌空揚拳的萬理亞，拉斯起腳向後一跳；同時在兩人之間放出屏障般的巨大魔力球，掩埋了她的視線。奮力躍起的萬理亞，不可能躲開；若對它出拳迎擊，肯定會引起把自己轟走的大爆炸，要使用揮拳掃出衝擊波的「遠擊」也來不及。既然無法在空中停下或轉向，就只有一頭栽進爆炸的下場。

然而成瀨萬理亞仍一臉淡定。如同拉斯料到萬理亞會積極拉近距離，萬理亞也明白拉斯會用這種招數。

以無數魔力球設下彈幕拖延速度——以及過早起跳，他就會設陷阱請萬理亞自投羅網，都在預料之中。因此，萬理亞擊出右拳——

「呀啊啊啊啊啊啊啊啊啊啊——！」

但沒有揮到最後，而是半途停下——彷彿是以空氣為目標。

下一刻，遭捶打的空氣化為放射狀擴散的衝擊波，衝撞拉斯布下的巨大魔力球，引起能將附近林木全都掃平的劇烈爆炸。
不過，實際爆碎的只有魔力球左右的林木而已。面狀的衝擊波形成一道障壁，為萬理亞抵擋了爆炸的衝擊。
——那是她過去曾對上的魁梧魔族使用的招式。同樣是力量型的萬理亞便有樣學樣，私下練成了這一招，作為祕密武器。
「——別跑！」
萬理亞直接撞散爆煙似的衝到另一頭，發現拉斯就在眼前，立即扭腰起腳，以毫不留情的旋踢招呼拉斯。
目標是頭部右側。右腳跟隨即「轟！」地擊出重低音，並得到紮實的感觸。
「…………想不到妳會用瓦爾加的招式。」
可是，萬理亞卻聽見如此從容的話聲。拉斯只是輕抬右手，在手背上放顆魔力球當護壁就擋下這一踢。過去與他交戰時，萬理亞的拳曾擊破拉斯的護壁，但那是因為拉斯留了手。現在萬理亞已經有所成長，前天還在刃更幾個的狂宴上吸收大量興奮與快感而提昇不少力量，卻依然打不穿拉斯的護壁；這樣的事實，只會有一個原因。
拉斯原本的力量，仍在萬理亞之上。
「喝啊啊！」

萬理亞隨即以遭擋的右腿為支點向下彎腰，順勢撩起左腳跟掃向拉斯下顎。

「——喔？」

而拉斯只是稍微仰個身就俐落地躲過這一腳。

——不過，對肉搏戰的反應速度可不會在他之下。萬理亞再用右腿勾鎖拉斯的右手，藉下半身的力量將他強行拉倒並揪起披肩，準備一舉餉以老拳；不過——

「！——？」

萬理亞卻臨時從上方跳到他背後——同時，拉斯的魔力球竄過了萬理亞原先位置的正下方。

……居然在那種距離下出手……！

萬理亞不禁咒罵自己想法短淺。只要稍有空隙，拉斯就能張開護壁，保護自己不受魔力球爆炸波及吧。恐怕任何攻擊都得迅速連續不能中斷，否則都會給拉斯防禦或反擊的機會。

上一次，是萬理亞的偷襲製造了刃更發揮速度的機會，總算以連擊逼退了他；但現在萬理亞沒人幫手，極難達成。

「這樣好嗎？——怎麼自己拉開好不容易縮短的距離呢？」

拉斯一面起身，一面撥著沾上身的沙塵這麼說，同時——不慎拉開距離的萬理亞付出了代價。無數魔力球圍繞著萬理亞憑空出現，一齊向她砸來。原本，若在萬理亞接近中或已經貼近時攻擊她背後而遭到閃躲，由於方向關係，拉斯自己就得進行多餘的防禦或迴避；現在萬理亞人在拉斯背後，就沒有這種問題。而萬理亞就算用瓦爾加的招式迎擊，那單向的面狀攻擊也只擋得了正面，守不住背後及左右。然而——

「————！」

萬理亞仍打出了右拳——朝的是自己腳下。

拉斯清楚地看見萬理亞的右拳擊中地面。

同時，她擊碎地面的衝擊掀起了大量土石。

——基本上，單以土石防不了拉斯的魔力球。

但是，她在拳接觸地面的瞬間停手，造成面狀衝擊波撞擊地面而彈起，使其與高揚的土石一樣包覆了萬理亞——最後成功抵擋了拉斯的所有魔力球。

……可是。

這段時間，拉斯並不是站著發呆，更加拉大了與萬理亞的間距。那是考慮到彼此能力、速度及戰鬥方式，足以讓拉斯在萬理亞攻擊範圍之外單方面恣意攻擊的安全距離。就在他要趁這優勢出手時，發現包圍萬理亞的煙塵被一股粉紅色的光輝由內吹散。仔細一看，浮在空中的萬理亞胸口，插著形似鑰匙的物體。

「嗯……」

那鑰匙逕自在甜聲喘息的萬理亞胸口轉動，「鏗」地發出清脆的開鎖聲——同時，薔薇色的光芒包覆了萬理亞全身。

拉斯很清楚發生在自己眼前的是什麼現象，因此——

「喂喂喂……妳以為我會傻傻等妳變完身嗎？」

揶揄地這麼說之後，拉斯放出毫不留情的攻擊。萬理亞頭上忽然出現一顆巨大的魔力球，並隨即落下。面對拉斯的全力一擊，萬理亞竟只是氣定神閒地回答：

「那當然……對於腦袋簡單的人來說，這已經是萬全的對策。」

緊接著，拉斯放出的魔力球一撞上包圍她的薔薇色氣場，就爆散成細小碎片，消散得無影無蹤。

「怎麼會……？」

見狀，拉斯不禁錯愕。而這時，萬理亞已經化為美豔的成年夢魔。

「——呵呵。」

並且在如此柔柔一笑的下個瞬間——忽然失去蹤影。

於是拉斯反射性在面前張開護壁。現在距離足夠，有充分時間防禦——

「呃啊啊啊啊啊──────！」

但下個瞬間，拉斯卻被劇烈衝擊轟個正著，當場彈飛。

原來是萬理亞的拳絲毫不受阻礙地擊破了拉斯的護壁，硬生生砸在他身上。

萬理亞一拳漂亮擊中拉斯後，即刻展開追擊。

既然拉斯對這速度反應不及，也防不了攻擊──

……就要一次決勝負。

對自己這麼說的萬理亞加速向前。被擊飛的拉斯沿途倒木無數，直到背撞上大樹才停下。萬理亞向他撲去般快速縮短間距，乘疾奔之勢前傾上身，以最短距離擊出左直拳。

「唔……！」

但拉斯側身一翻，迅速迴避。萬理亞的拳掄入拉斯背後的樹幹，使整棵樹「砰！」地猛然爆裂，跳向一旁的拉斯也在空中被這衝擊震歪了身。萬理亞即刻蹬地追上，雙拳齊出地追擊。儘管是快速的交互拳擊，每一拳都有十分可觀的威力。力量強過拉斯的護壁，速度又在他之上，勝負可說是已經底定。然而──

「！…………？」

除了打飛他的第一擊，後來的攻擊全都被他閃過。

……為什麼？

以為壓制了對手的萬理亞，心裡開始產生明顯的焦灼。這時——

「——妳變成成體以後，力量確實是提昇得很驚人。」

拉斯完全看穿萬理亞拳路般閃躲其攻擊之餘，從容不迫地說：

「可是，現在的妳卻無法自由掌控這強大的力量。依我看，這招妳只用過兩次。第一次是在人界救出成瀨，第二次是小刃消除了佐基爾藏身處的結界之後。所以，妳是第一次在魔族能夠發揮原有力量的魔界變身吧？在經驗這麼少的情況下，直接在實戰中使用不習慣的力量就想拿下成績，未免也想得太美了。而且——」

聲音繞到了背後。

「為了打贏決戰，妳一定趁小刃他們強化主從契約的時候，一起盡可能地吸了很多力量，可是那反而害了妳。就算速度再快，要是反應速度跟不上動作，躲起來並不會特別難。」

「！——哈啊啊啊！」

萬理亞隨即向聲音掃出反手拳。

但這盲目的一擊，卻成了她的致命傷。萬理亞的拳命中了拉斯放出的魔力球——下一刻，巨響和閃光在她面前爆開。

拉斯拋給萬理亞的，是魔力球構成的震撼彈。

無論化為成體能提昇她多少力量，意識也不會成長到足以反應或防禦意外的攻擊；再加上視力及聽覺都變得比平時更加敏銳，突然間視野燒白、鼓膜遭衝擊波拍打，恐怕是招架不住。

「──不過呢，妳還能像這樣站著，骨氣也真夠硬了。」

在苦笑著這麼說的拉斯眼前──

「唔……呃、唔……！」

那直接受到震撼魔力球影響的夢魔，即使三半規管遭到劇烈震盪而站得東倒西歪，也戰意未消、表情凶狠地握緊雙拳。可是，她的眼瞳早已盯不住拉斯，就連聲音也聽不見了。

「妳很想接著成瀨連下兩城吧……不好意思啊。」

於是，拉斯在這麼說的同時，以手刀往萬理亞頸後敲了一下。

身體愈大，腦也愈容易搖動。因此──

「──」

萬理亞在拉斯這一擊後無力地跪下，倒地不動。

6

加爾多在倫德瓦爾城中，觀看著遙遠古代競技場中的決戰戰況。

位置是設置於西塔頂端的空間——雷歐哈特的姊姊莉雅菈的房間。

當加爾多透過雷歐哈特所準備的投影裝置，見證了次鋒戰的結果時——

「嗯嗯，拉斯果然好有一套喔～穩得跟別人不一樣耶，對不對？」

莉雅菈帶著滿意的笑容向他徵求同意。「是啊。」加爾多跟著點個頭說：

「那個人，很明白該如何戰勝對手，拿捏得恰到好處。」

加爾多看著拉斯在戰鬥空間解除後返回擂台，留下昏厥的萬理亞悠然返回休息室的身影，冷靜地這麼評論。儘管拉斯純論戰鬥力，並不及加爾多或雷歐哈特，可是從他身上，隨時都能感到在戰鬥中相當重要的「餘裕」——一種深不見底的感覺。至於被露綺亞抱下擂台的萬理亞——

……就算那個夢魔能掌握成體化的力量……

結果多半也不會改變，拉斯照樣會用其他方式撂倒她。這時——

「加爾多……如果你跟拉斯打起來，誰會贏呀？」

「……我也不曉得。」

倘若加爾多處於完備狀態，應該不會輸給拉斯。

然而，他也無法斷定自己能獲勝。可想而知，即使能將拉斯逼至絕境，也一定會在緊要關頭讓他溜走……這便是加爾多的推測結果。

而面對實力較高的對手時，逃走就是種等同勝利的平手。

總覺得，無論拉斯在什麼地方遇上怎樣的敵人，都至少能逃出生天，保住性命……能讓人這麼想的餘裕，就是他最過人之處。

「這樣啊……原來加爾多也不容易贏呀～」

莉雅菈聽了加爾多所給的模糊答案，雙眼開心得瞇成彎弓。

「我啊，以前拜託過拉斯『跟雷歐哈特好好相處』喔……嘿嘿嘿，這就是所謂的『慧眼識英雄』吧？」

「就是啊……」

這女子純真無邪的笑容，讓加爾多也自然地回以恬靜的微笑。

雷歐哈特是為了守護這笑容，才決心成為魔王、統一魔界——即使明知自己將會被樞機院操弄在股掌之間。

所以，加爾多現在才會在這裡。

——原本，雷歐哈特不准自己以外的任何男人進入莉雅菈的房間。

而他破例讓加爾多進房，是作為以防萬一的「保險」。

雷歐哈特想藉由這場決戰，一舉剷除殺害其養父母又禍害魔界的樞機院；相對地，樞機院也打算收拾逐漸難以掌控的雷歐哈特。因此，這場決戰之後或途中，現況肯定會發生更甚於兩派決戰的巨大變動。

雷歐哈特鑑於過去，樞機院趁他上戰場時謀害其養父母，擔心他們又會在這種時候對莉雅菈下毒手，便請託加爾多陪伴莉雅菈，直到決戰結束；而加爾多也為了讓雷歐哈特專心戰鬥，乾脆地一口答應了。

雖然仍在治療中的加爾多缺了一條胳膊，真的出事時，至少還有帶莉雅菈到安全地點避難的力量。

「——啊，下一場好像要開始了。」

莉雅菈的話使加爾多的視線回到競技場的影像。雙方的第三號代表都在擂台上，穩健派那方是個仍有些許稚氣的少女。

勇者一族的精靈魔術師——野中胡桃。

「哼～那是樞機院塞進來的其中一個嘛……加爾多認識嗎？」
莉雅菈看著那長相中性、與胡桃對視的青年問。
「……是啊，我認識。」
同樣看著影像的加爾多點頭回答。
在舞台中央，微笑著向胡桃要求握手的人物是——
「他是亞多米勒斯……樞機院『貪婪』席位馬多尼斯的親信。」

7

擂台上，野中胡桃與將與她決鬥的高階魔族對峙著。
「我名叫亞多米勒斯……請多關照。」
那五官俊俏端正的青年雖微笑著伸出手來，作勢與胡桃握手。
「……開戰前和敵人說這種話，你有毛病啊？」
但胡桃當那是個無聊的玩笑，為拉開距離轉身就走。
「——哎呀，有東西掉囉。」

「你在說什麼……──！」

胡桃轉向背後投來的聲音，卻因此嚇了一跳。因為她一轉身，就看到亞多米勒斯近在眼前，還偷襲似的握起她的手。

「迅．東城的兒子這麼久不回來，一定讓妳很擔心吧，這個就麻煩妳啦。」

「………？」

亞多米勒斯趁著強行與胡桃握手，將某種硬物塞進她掌心。

「！──」

胡桃低頭查看那東西時，不禁倒抽一口氣。亞多米勒斯交給她的，是刃更所穿的聖坂學園制服鈕釦。

「妳應該懂我們要什麼吧？請盡量演得自然一點，別讓人發現妳在放水喔……他的下場，全看妳的表現了。」

亞多米勒斯對錯愕的胡桃如此耳語後，氣定神閒地轉身返回開始位置。

「…………！」

而胡桃則是頓時亂了方寸，面色鐵青。

……怎麼辦……！

到這時才做這種要脅，很可能只是借題誘騙；但刃更還沒回來的事實，使胡桃無法否定他落入樞機院手中的可能性。

假如亞多米勒斯說的是真話——

……要是我處理得不好，刃更就……！

刃更曾說，如果他被抓了就別管他，以決戰為重，而胡桃幾個也都答應了。所以當前的正確選擇，就是盡全力戰勝眼前的對手吧。

胡桃很明白這點……明白得痛徹心扉。不過——

「————！」

胡桃瞬即具現出操靈術的護手甲，透過黑色元素請求魔界精靈確認刃更是否平安。結果，精靈們卻回答無法達成她的請求。

眼見刃更日出後仍未歸來時，胡桃就試了好幾次，與刃更締結主從契約的澪幾個也感應不到。無論刃更是拒絕透露位置還是被關了起來，現在祈望精靈能剛好帶回好消息，簡直異想天開。

……可是，還是拜託了……！

野中胡桃仍請求精靈搜索刃更的下落，直到戰鬥結束。

為了刃更，以及未來人生將受到這場決戰大幅影響的澪，胡桃能做的也只有這麼多了。

——無論如何，這場決戰都不能輸。

然而就算贏了決戰卻失去刃更，同樣沒有任何意義。
因為東城刃更這少年的地位，在她們心中就是如此地無可取代。
但不管胡桃怎麼求，精靈一樣找不到刃更。
宣告戰鬥開始的銅鑼聲就麼無情響起，胡桃與亞多米勒斯的戰鬥空間隨之布展。

8

「迦勒列峽谷啊……」
休息室中，正注視著擂台影像的雷歐哈特，見到戰鬥空間所構築的眼熟壯麗景觀後，道出它的名字。那遍布險峻斷崖及雄偉岩壁的峽谷，是漫長魔界歷史中，多次淪為戰場的必爭之地。
「那裡幾乎沒有遮蔽物可言，攻擊距離和機動性顯得非常重要。如果路卡在，應該能替我們解說那裡的地層有怎樣的特性吧。」
當巴爾弗雷亞這麼說時──
「──怎麼樣，需要我到醫務室問問他嗎？」

第3章 挑戰未來的戰士們

剛結束戰鬥歸來的拉斯調侃地問。

路卡在自己的高階英靈落敗後，意志極為消沉，雷歐哈特便命令他到醫務室稍作休息。輸了這一場，就表示現任魔王派至少要扳回一城，否則沒有得勝的機會。雷歐哈特本身雖不認為自身陣營能夠全戰全勝，並不放心上；但路卡是以代替受傷的加爾多出戰自居，也難怪打擊如此地大。

「沒那種必要，現在不是上地理或歷史課的時候。」

雷歐哈特盯著影像說：

「再說，這個戰場並沒有對其中一方特別有利。」

「的確是。聽說那個少女是魔力型的精靈魔術師，對亞多米勒斯的戰鬥方式來說，稱不上劣勢吧。」

能為巴爾弗雷亞具證的事，也在影像中發生了。

胡桃在戰鬥開始的同時發動疾風魔法，飛上空中。亞多米勒斯則是右臂向橫一展——在地面張開的魔法陣中，出現一匹身形高大，頭部是詭異的白骨，背上有雙羽翼的飛馬。

亞多米勒斯跳上馬背，並具現出自己的武器。左手放出的發光粒子逐漸構成具有長柄的斬擊武器，那是能割取任何生命的——象徵死亡的巨鐮。

「……………」

雷歐哈特看著在飛馬背上悠哉淺笑的青年魔族，思考樞機院強行安插的決戰代表。

規則上，只註明現任魔王派與穩健派不需事前發布代表名單；而現任魔王派內部，雷歐哈特方與樞機院方也沒有共享人選資訊——應該說，根本無法這麼做。因為樞機院拒絕對雷歐哈特透露他們的人選，連休息室也各自分開。

……第一個是亞多米勒斯嗎。

話雖如此，由於雷歐哈特的親信中戰力上得了場的極為有限，等於是樞機院很清楚這邊有哪些人選，這邊對樞機院則是一無所知。

事先得知的，只有他們出戰的場次而已。

亞多米勒斯是曾列於魔王候選人名單，能與雷歐哈特對抗的高階魔族，實力自然不在話下——所以樞機院才會挑選他吧。

亞多米勒斯排第三場，其他兩個樞機院的薦舉人選各是第四、第五場；一個多半已經等在通道上預備，另一個是在他們的休息室觀看戰況吧。

……其他兩個，應該不會差他太多。

雷歐哈特確信，在這場決戰中，不能輸的不是只有自己。

處境艱難的樞機院，也無疑將未來賭在這場決戰上。

第3章
挑戰未來的戰士們

9

精靈魔術師胡桃，與乘坐飛馬的亞多米勒斯。

雙方的戰鬥，一開始就進入了可謂必然的狀況——風馳電掣的空戰。

胡桃藉飛行魔法與地面平行高速滑翔，同時豎起右手拇指及食指成槍狀，架於操靈術護手甲上——

「喝啊啊啊啊啊啊啊啊啊！」

從指尖向斜前下方連續發射高度壓縮的空氣。

在胡桃視線彼端，乘飛馬馳騁空中的亞多米勒斯，以微笑面對這片暴雨般的氣彈——同時，踏空而行的飛馬蹄下張開魔法陣驟然加速，胡桃施放的氣彈全灑在底下的岩面，轟隆隆地高揚沙塵。隨後飛馬猛力振翅，急速迴旋直撲而來，速度比胡桃的飛行魔法還要快。

「————！」

亞多米勒斯的突襲使胡桃停止射擊，進行迴避。往左右躲，恐怕無法即時躲過那把巨鐮，往上跑又只會被飛馬迅速追上。

於是胡桃選擇急速下降，亞多米勒斯的巨鐮緊接著便以毫釐之差掃過她頭頂。急降的途中，胡桃扭腰迴身揮出左手，灑出爆炎魔法干擾，無數火花頓時散布在亞多米勒斯的行進路線上。

速度極快的飛馬閃避不及，就這麼載著亞多米勒斯衝進火花——隨後，無數的連鎖爆炸，在空中綻成一朵震撼大氣的爆炎巨花。但是——

「——只有這點能耐嗎？」

亞多米勒斯不慌不忙地這麼說，乘著飛馬衝破爆炎繼續追來。

飛馬前方，布展了半球形的魔法陣。

「魔法護壁……你是魔力型嗎？」

「不是喔？我只是魔法能力不算差而已。」

認定對方是技能型的胡桃驚訝地問，亞多米勒斯則答得理所當然——兩人就這麼繼續加快下降的速度。

「…………！」

野中胡桃側眼瞥視背後緊追不捨的對手，不禁咬牙。

竟敢說什麼「只有這點能耐」。在無從辨別他們是否真的抓了刃更作人質的狀況下，教人怎麼拿出實力啊。

……可是。

第3章
挑戰未來的戰士們

胡桃仍未放棄得勝的念頭。

——遭到亞多米勒斯要脅後，胡桃選擇的，是拖延時間。

無論刃更是遭到敵人囚禁，還是刻意隱匿行蹤，至少他現在很可能處在外界無法感覺其魔力或氣息的結界之類的地方。

而能夠操控精靈的胡桃，可以在刃更趕到這裡前——當他離開那個地方時即刻察覺他的存在，知道他平安無事。換言之——

……就算被抓了。

刃更也一定會嘗試脫逃。因此，胡桃反過來利用亞多米勒斯「放水得自然一點」的威脅，相信刃更一定會回來而爭取時間，和對方周旋到知道刃更平安以後再說；畢竟亞多米勒斯也會避免使用決定性的招式，以免太容易分出勝負而引人懷疑。只是就大前提而言，既然刃更可能是真的遭到囚禁，在確定他平安之前，不能隨便出手。

「……………」

恐怕，自己的實力不如亞多米勒斯——儘管原本就不利的情況，在脅迫下更為惡化，胡桃仍不放棄希望，勇往直前。假如自己終究落敗，接下來還有實力高強的潔絲特；若不能先為她確認刃更的安否，對刃更效忠的她也很可能屈於同樣的脅迫。說不定——在遭受要脅時，胡桃已經註定戰敗，但就算如此……也得盡量讓潔絲特安心應戰。

……沒錯。

胡桃緊緊地握實了拳。

絕不能白白落敗，一定要抗戰到最後一刻。

這就是現在的自己——野中胡桃的戰鬥。

10

野中柚希，在穩健派休息室中觀看妹妹的戰況。

澪到穩健派的醫務室探視昏厥的萬理亞，四號潔絲特已在通道備戰，休息室裡只有柚希一人。

——胡桃與亞多米勒斯的戰況，目前是陷入激烈的空中纏鬥。

距離上，擅用魔法的胡桃有利，速度則是對方占優勢。

由於亞多米勒斯能夠張設強力護壁，要施放足以攻破那護壁的強力魔法，需要耗費更長時間，給對方接近的機會。所以這場戰鬥的基本架構，將會是胡桃抓緊時間詠唱強力魔法，亞多米勒斯則趁隙縮短距離予以痛擊，雙方的勝負都懸於一線之間——按理來說，原該是如此的，不過——

「……胡桃？」

眼前的戰況，使柚希疑惑地蹙起了眉。

——胡桃的迴避時機似乎總是過早。起初以為，她是想以更保險方式保持距離，但並非如此。若她將迴避放在積蓄攻擊威力之前，至少該增加攻擊次數或多點變化，而她也沒這麼做。

不願想像的可能，不自禁地溜出唇縫。

「她……沒用全力？」

11

「……有點古怪。」

這時，雷歐哈特也開始感到戰況不太對勁。

亞多米勒斯除了以急速迴旋閃避胡桃的魔法攻擊外，不時直接以巨鐮斬開，同時藉座騎突襲；不過每一次都只差一點點，讓胡桃有驚無險地躲過。彷彿是——

……故意讓對方能夠勉強躲過？

他和他那座騎認真突擊起來，速度和威力可沒有現在這麼簡單。

……但是。

胡桃的表現更奇怪。從亞多米勒斯的戰鬥方式來看，應當先擬定能削減其機動力的戰略，但她的目標只放在亞多米勒斯身上；而且她用的魔法全都是華而不實，內容相當單調。普通觀眾看不出這種矛盾，只有實力具一定水準的人才會察覺。

一般而言，胡桃是為了幫助澪而來到魔界的勇者一族，態度不應該這麼消極。假如這是有理由的——

「——多半是亞多米勒斯利用東城刃更缺席，編故事唬住她了吧。」

拉斯道出了一種可能。

「不是沒有這種可能……雷歐哈特陛下，需要屬下處理嗎？」

巴爾弗雷亞是暗示雷歐哈特，可以趁機中止對決，追究樞機院的責任。

的確有這步棋可走。這場決戰，名義上是由樞機院主辦；倘若他們的人要脅對方打假決鬥的事曝了光，民眾對樞機院的信賴肯定會完全崩盤。當雷歐哈特思考這與他們原來的計畫相比，哪個更容易達成他所要的目的時——

「不需要吧——就這樣看下去比較好。」

拉斯輕笑一聲，說道：

「我們沒有樞機院搞鬼的證據。就算真的是那樣，這可不是體育比賽，而是賭上彼此未來和正義的戰爭。想堂堂正正決勝負的心情，我不是不能理解，但心理戰也是戰鬥的一部分。不管對方和她說了什麼、樞機院和亞多米勒斯在打什麼主意，要是她就這樣亂了手腳，就表示那方面是她的弱點。我們沒必要為敵人的弱點施捨太多同情吧？」

再說——

「那傢伙是樞機院養的狗，他們安排的心理戰，有可能其實是為了引誘我們。如果輕舉妄動，說不定就中了他們的陷阱。」

「的確……不過，我還是想先知道樞機院那邊有何計畫。」

「屬下明白了——我這就去探探狀況。」

巴爾弗雷亞聽了雷歐哈特的話後頷首說：

「畢竟看情況，距離我上場還需要一段時間。」

當他踏出休息室時——亞多米勒斯與胡桃的戰鬥發生變化。

原本在空中交戰的兩人，鑽進了裂縫般遍布於遼闊岩地的峽谷間。

在這穿梭於巨岩與巨岩之間，有如迷宮的細長空間。

由於地形複雜，一旦判斷稍有延誤，就可能撞得粉身碎骨；然而野中胡桃仍在精靈的指引下，在峽谷間高速飛行。

——但是，她依然甩不開背後的亞多米勒斯。

飛在前頭的胡桃為了擺脫對方，不時從寬闊空間飛進只有她能勉強穿越的細縫；可惜亞多米勒斯沒有一次上她假動作的當，總是以他與飛馬能通過的最短路徑緊追不捨。恐怕，那匹飛馬能夠感受氣流變化，事先測知峽谷的地形。

……如果是潔絲特……！

這種時候——以自身羽翼飛翔的潔絲特，就能用她擅長的土系魔法操控周圍岩壁，進行各種牽制或阻攔；像澪這樣的高階魔法士，也能同時發動風系魔法和土系魔法——可是，胡桃無法這麼做。

胡桃的魔法，是借精靈的力量發動的。土系魔法與屬於風系的飛行魔法彼此相衝，而同時使用相衝的魔法，很容易力量相消，導致飛行速度減緩……甚至失速墜落；只能以同類的風系魔法，或者火或水——但這峽谷相當乾燥，難以調來足以做出有效攻擊的水；爆炎魔法

第③章
挑戰未來的戰士們

就像之前一樣，拖延不了他。

「那我就……！」

胡桃朝前方放出巨型氣刃，等個一拍再朝同樣方向放出無數小氣刃。隨後——突出岩壁、數十公尺寬的巨大岩塊由根斷裂，開始墜落；後至的無數小氣刃再從各種方向，將它切碎成大量一公尺級岩石構成的瀑布。那並不是為了阻擋。胡桃飛過幾乎砸中她的落石群，立即扭身向後——

「喝啊啊啊啊——！」

並雙手向前一伸，將狂風由兩側砸向大量落石群。

遭強勁氣團彈開的岩石，全都以更甚於砲彈的速度射向亞多米勒斯。

「真受不了……」

見到那劃破空氣呼嘯飛來的岩彈陣，亞多米勒斯苦笑著疾掃巨鐮，由此而生的衝擊波隨即吹偏岩彈，周圍的護壁也替他和飛馬擋開了落石。

吹偏的岩彈砸上左右岩壁，掀起彷彿要阻撓其去路的滾滾煙塵，但亞多米勒斯毫不在乎。飛馬早已摸清了前方地形與空間，所以他無所顧忌地向前直衝——

「…………奇怪？」

穿過煙塵時，有件事讓他稍感意外。原以為飛在前方的胡桃，幾乎在他的正下方……谷底地面上。胡桃右手掌疊在披覆操靈術的護手甲上，面前布展了五重魔法陣。

「…………喔。」

當亞多米勒斯發現胡桃的意圖而輕吐讚嘆的那一刻——隨尖銳爆裂聲迸發的雷電，由正下方向他飛竄而來。

13

放出雷電魔法的胡桃，看見了自己的戰術成功實行的瞬間。

胡桃使用的，是速度優於威力的閃電。雖然傷害不大，只要擊中，就能大幅減緩對手的速度。這對於受到對方以刃更作要脅、行動以爭取時間為主的胡桃而言，是最具幫助的攻擊。問題是——得先擊中。

「咦——……？」

剎那間，野中胡桃睜大了雙眼。就在逆空而行的電光由下擊中飛馬前，亞多米勒斯的巨鐮簡單地向下一揮，便如避雷針般使得閃電改變路線，擊中巨鐮。但是，亞多米勒斯沒有因此受到傷害；胡桃施放的閃電積蓄在巨鐮之內，使其刃部發出蒼白光芒。

第③章
挑戰未來的戰士們

「這份大禮，我收不起啊。」

亞多米勒斯微笑著向胡桃揮下巨鐮——同時在劇烈雷鳴中，遭增幅數倍的閃電朝胡桃傾注而下。

「————！」

胡桃急忙設下護壁。閃電隨即擊中在千鈞一髮之際布展完成的護壁，激出劇烈鳴爆聲，將她周圍完全染白。儘管擋下了雷擊，刺眼的電光仍燒灼了胡桃的眼。

「唔……！」

眼閉得臉全皺了的胡桃急著想恢復視力，但是——

「——太慢了。」

當亞多米勒斯的聲音出現在面前時，她整個人已被猛力撞飛。

「！啊啊啊啊啊啊啊啊啊——！」

野中胡桃瘦小的身軀在左右岩壁數度彈撞，每撞一次就墜落一點；最後摔在地上，揚起塵煙。

「唔……啊……唔、呃……！」

全身骨架都彷彿被拆散的劇痛，讓胡桃表情扭曲地抬頭。

見到乘坐飛馬的亞多米勒斯向她徐徐接近。

「！…………」

野中胡桃明白自己發生了什麼事。在電光奪去她視力的那一瞬間，亞多米勒斯立刻縮短距離，以飛馬衝撞了她。

大概是在放出閃電時動身的吧。

……失算了……！

戰術反遭利用，使自己只能下意識地張設護壁，完全是自己的錯。

……啊……

懊悔得咬牙切齒的胡桃，發現眼前地面有個東西。

那是亞多米勒斯在開戰前交給她的——刃更的制服鈕釦。

……刃更、哥哥……！

「呃……唔……！」

即使亞多米勒斯已經近在咫尺，胡桃仍拚命地伸長左手，勉強抓住刃更的鈕釦——但那隻手卻被飛馬前腳狠狠踏下，甚至底下的堅硬地面都「咕渣」一聲被牠踏裂。

「啊啊啊啊啊啊啊啊啊啊啊啊啊啊！」

痛得胡桃仰身抬頭，口中迸出悽厲的慘叫。

「傷腦筋，怎麼可以設計我呢……我不是請妳輸得漂亮一點嗎？」

亞多米勒斯以只有胡桃聽得見的音量說：

「不過妳這麼做，倒是讓戰況精采了點。那麼，我也得安排一個不遜色的結尾才行——我一定會讓妳一刀斃命。」

巨鐮伴著殘酷笑容高高揚起。

——規則註明，不得攻擊投降的對手。

然而，胡桃尚未投降；而亞多米勒斯用那巨鐮斬下她首級的速度，一定比她喊投降快得多。胡桃雖不喜歡為了自救而加重他人的負擔，但她們已事先約好，一旦遭遇一定會喪命的狀況，就要立刻投降——絕對要大家一起活著回去。

不過亞多米勒斯，可不給胡桃投降的選擇。

「謝謝妳陪我跳了一支愉快的舞……勇者小妹妹。」

「————！」

胡桃想呼喚刃更的名字，卻出不了聲。

亞多米勒斯的巨鐮，朝胡桃的頸項斜掃而下。

胡桃就這麼在這一斬下身首異處，喪失她年輕的生命——原該是如此的。

下個瞬間，「喀鏗————！」的尖銳金屬撞擊聲冷不防地響起。

砍飛胡桃的頭，不會發出如此硬質的聲音。

「…………？」

等死的胡桃慢慢睜開緊閉的雙眼。因劇痛而扭曲的視野中，有個布展在她身旁的物體保護了她──一面黑曜石護壁。

闖到胡桃面前張開護壁、毫不費力地擋下亞多米勒斯那一記強勁揮斬的，是個擁有褐色肌膚的美麗女魔族──潔絲特。

胡桃見到有如姊姊的潔絲特的背影，知道自己已經得救；於是她再度緩緩閉上雙眼，就此放鬆全身力氣。

昏了過去。

「喔？……妳這是在做什麼呢？」

馬背上的亞多米勒斯含笑地問。

「──勝負已經分出來了。」

潔絲特輕聲道出事實。胡桃的狀況已無法再戰。

「我可不這麼認為──既然她還沒投降，戰鬥就要繼續下去。」

「那我以穩健派代表的身分宣布胡桃小姐戰敗，這樣就行了吧？」

第3章
挑戰未來的戰士們

潔絲特代替胡桃，對態度戲謔的亞多米勒斯表示投降。

「可是規則上……」

當亞多米勒斯仍有話要說時──

『──可以，我接受穩健派的投降。』

樞機院議員馬多尼斯的聲音在戰鬥空間中響起……戰鬥空間同時解除，擂台恢復原狀。

救回了胡桃的性命，讓潔絲特鬆了口氣，但是──

『但是──就算是為了解救同伴，妳仍在勝負分曉之前介入了這場決鬥。如此污辱決鬥崇高精神的蠻橫行為，本席可不能視而不見。』

「…………」

競技場觀眾排山倒海的附和聲中，潔絲特一句話也抗辯不了。

『犯規的，不是那個名叫野中胡桃的少女──而是潔絲特妳自己。』

馬多尼斯帶著笑意說：

『所以由本席看來，判妳所出場的第四戰，因穩健派犯規而自動落敗最為公平……不知妳意下如何？』

「…………！」

潔絲特不甘地咬唇。縱然有滿腔的不服，但自己的重大違規的確是事實，繼續頑抗下去只會讓己方的立場更糟，弄不好還會讓胡桃再次陷入危險處境。

「……我明白了。」

潔絲特接受不戰而敗的處罰後，競技場中又是一陣喧騰。

在出自惡意的歡呼中，潔絲特抱起胡桃步下擂台；進入通往休息室的通道後走了一段，看見有個人站在前方。

那是繼潔絲特之後的第五號參戰者——柚希。見到她出現，潔絲特垂下眼說：

「對不起……我實在忍不住。」

含潔絲特的不戰敗在內，穩健派已是三連敗。也許，動手前應該先徵求柚希或澪等其他同伴的意見才對。雖然這場戰鬥採取一對一決鬥的形式，實質上仍是魔界兩大勢力的決戰。即使大家相約盡最大努力一起平安回去，然而決鬥本來就是隨時可能喪命的事，胡桃心裡也一定有此覺悟。

——不過，潔絲特怎麼也按捺不了。

無法忍受自己當妹妹般疼愛的胡桃平白死在自己眼前。

「……胡桃怎麼樣？」

聽見柚希輕聲這麼問，潔絲特將懷中的胡桃抱到她面前。只見胡桃傷痕累累，但呼吸依然安穩。

第3章
挑戰未來的戰士們

「她沒事……至少沒有生命危險。」

「…………謝謝妳救了胡桃。」

「不客氣……」

當潔絲特簡短回答神情稍微放鬆的柚希時——

胡桃手中掉出某樣東西，在石板地上敲出清脆聲響滾向一旁。

仔細一看，是刃更穿的聖坂學園制服鈕釦。

……為什麼胡桃小姐……

會有這種東西？……在懷起這般疑問的潔絲特眼前，那鈕釦畫了個圓後停止不動。柚希代替雙手抱著胡桃的潔絲特蹲下，伸手撿它——沒想到連碰都還沒碰，鈕釦竟維持不了形體似的散成細粉。

「————」

見到這畫面——潔絲特立即明白了一切。胡桃的表現為何黯淡失色，以及亞多米勒斯那樞機院的爪牙對她用了什麼伎倆，全都昭然若揭。

「卑鄙小人……！」

潔絲特帶著壓抑不了的激憤咬牙切齒地轉身……轉向擂台，為糾舉亞多米勒斯的齷齪行為而循原路邁開步伐——但沒能踏出去。潔絲特不是自願停下。有隻手輕輕按上她的右肩，彷彿想拉住她。一般而言——她的怒火絕不會被這點程度的制止澆熄，要甩開它簡直輕而易舉。

但是——潔絲特辦不到。因為站在身旁，將手輕放在她右肩的少女所散發的氣息，冰冷得幾乎要將她凍結。

——心愛的妹妹，對刃更和潔絲特等同伴的重視，竟遭人利用、踐踏得支離破碎。

無可饒恕的憤怒，瞬時轉變成絕對零度般的冰寒殺氣。

「……胡桃就拜託妳了。」

柚希注視著陰暗通道彼端——決戰的擂台，淡淡這麼說之後就留下抱著胡桃的潔絲特，緩步前進。

14

位在古代競技場最高處，能俯瞰擂台的特別觀覽室中。

亞多米勒斯來到這裡，報告自己不負眾望獲得勝利；樞機院議員各個是對他眉開眼笑，連聲喝采。

「哎呀呀，贏得真是漂亮……不愧是馬多尼斯閣下的頭號心腹啊。」

「就是啊。不只是拿下一勝，還按照計畫讓下一戰的對手也犯規落敗，有一手。」

所有人都當著主人馬多尼斯的面，誇讚其屬下亞多米勒斯。

「蒙受各位大人抬愛，亞多米勒斯深感榮幸。既然那個女孩必輸無疑，我只是再下點心思，找一個各位大人能夠更開心的贏法而已。」

受盡稱讚的亞多米勒斯微笑著說：

「稍微利用一下迅·東城的兒子缺席的事，說我們抓了他當人質，她就嚇得乖乖聽話，真是太可愛了。」

其實──

「為了引誘對方插手犯規，讓他們不戰而敗，不能宰了那個女孩，讓我略感惋惜……既然勝利最後一樣是我們的，我還真想親手讓那個絕望的女孩斷氣呢。」

亞多米勒斯一面對樞機院其他議員這麼說，一面慢條斯理地走到主人面前。

「──幹得好啊，亞多米勒斯。」

受到笑皺了臉的馬多尼斯讚賞後，亞多米勒斯恭敬地鞠躬。

馬多尼斯為這屬下滿足得飄飄欲仙，並想──

……這四戰下來，共是三勝一敗。

其中兩勝，是由樞機院——而且都是馬多尼斯的屬下亞多米勒斯一手包辦的，這功勞無疑將由馬多尼斯一人獨占，不會以「樞機院」一詞概括。

雷歐哈特的屬下輸了一場，也是令人高興的失算。若不是樞機院拿了兩勝，現在他們只和穩健派打平而已；這事實將使得雷歐哈特的凝聚力下降，讓民眾重新認識樞機院的重要性。這時——

「太好了……這樣就能按照計畫，保留『那東西』了。」

其他樞機院議員說的話，讓馬多尼斯更是滿意。

這麼一來，別說穩健派，就連雷歐哈特都不會見到自己計畫的壓箱寶了。這件事，往後一定影響重大。

貝爾費格缺席的現在，執掌這計畫的就是馬多尼斯了。若能順利完成，在樞機院內的地位就會扶搖直上。

……等著瞧吧。

馬多尼斯可不想永遠屈居於貝爾費格之下，當樞機院的二號人物。得利用這場決戰，收拾穩健派的人馬和雷歐哈特跟他那些親信；再拿這功績為武器，追究貝爾費格任命雷歐哈特為魔王，以及他在這關鍵的決戰中耽於女色而缺席的責任逼他隱退，日後統一魔界的就會是馬多尼斯了。

代替雷歐哈特的新魔王，就交給亞多米勒斯來扮，讓他處理表面上的政治事務即可。貝爾費格現在滿腦子都是佐基爾的遊樂場這個新玩具，那個長年躲在幕後操控魔界政治的老色鬼，應該早就玩膩政治遊戲。與其終日為陰謀詭計傷腦筋，倒不如什麼都不想，整天泡在女人堆裡來得快活。

……想要多少個遊樂場都隨便他，把魔界交給我就行了。

當馬多尼斯為自己的野心暗暗竊笑時——

「——話說，那個迅．東城的兒子到底跑到哪去啦？」

不覺之間，樞機院議員的話題已轉移到刃更的行蹤上。

不僅是穩健派，樞機院也查不到刃更人在何處，雷歐哈特那邊也沒能掌握任何線索，完全地下落不明。

「如果是夾著尾巴逃了就好笑了，但應該不會有這種事吧。」

「他的對手，多半是雷歐哈特。那個消除能力確實是種威脅，不過那小子正面對上雷歐哈特，我想照樣不是對手。要是他有自知之明，現在說不定是躲在某個地方，為他的祕密戰術作最後的推演。」

「有道理，的確是很有可能。勇者一族有潛入用的結界器……只要用了那個，我們也追蹤不到他的靈子反應。」

「無論如何，那都只是他最後的掙扎……不，該說是完全白費力氣。」

「沒錯，就是這樣。」

所有人都你一言我一語地，笑得合不攏嘴——

「————」

只有亞多米勒斯板著臉開門，查看觀覽室外走廊的動靜。

「怎麼啦？」

屬下突如其來的行動，引來馬多尼斯的疑問。

「沒什麼，請別介意……看來只是我多心了。」

這麼說之後，亞多米勒斯輕輕關上了門。

安靜無聲的走廊上。

「受不了……說來說去都是陰謀，聊得還真開心呢。」

從虛空忽而現身的，是奉命探查樞機院動靜的巴爾弗雷亞。

該說是不出所料嗎，樞機院果然有所企圖。其中最讓人在意的是——

「……這樣就『能夠保留那東西』，是吧？」

巴爾弗雷亞踏過走廊，思考自己聽見的對話。從那語氣看來，大概是樞機院的殺手鐧……但線索過少，無從猜起。就目前想得到的可能而言，也許是亞多米勒斯保留的決定性特殊能力——

「或者……是第四戰的代表。」

樞機院挑選的成員名單，完全沒有對雷歐哈特這邊透露一個字。在他們上台之前，無法得知樞機院找了怎樣的人。

「以防萬一，還是探探的好……」

由於第四戰不戰而勝，若置之不理，第四戰代表的身分將隨之成謎。留著這樣的不確定因素繼續進行決戰，難保不會成為緊要關頭時的致命後患。

……樞機院代表的休息室，記得是設在南邊。

這麼想的同時，競技場突然歡聲雷動，讓巴爾弗雷亞停下腳步，從牆上單純挖個洞般的窗口觀察擂台情形。只見穩健派第五名代表已經上台，樞機院的第五號代表剛從通道現身。

穩健派派出的，是勇者一族的少女……敗給亞多米勒斯的女孩的姊姊。另一邊——

「那是——貝拿列斯大人的屬下吧。」

在如此低語的巴爾弗雷亞視線彼端踏上擂台的，是個高大魁梧的魔族。

15

野中柚希一見到對手就皺起了眉。

對方有雙比樹幹更粗的手臂，以及強健得沒有懷疑餘地的高大軀體。

然而那並沒有什麼好驚訝的。那雖是人類不會有的體型，但魔族中更怪異的比比皆是。

引起柚希疑惑的，是她見過那魔族的長相；而那個魔族，早已死在柚希面前。

這時，高大魔族蠕動他肥厚的雙唇，以同樣耳熟的聲音對柚希問道：

「妳是勇者一族嘛。看妳的長相……殺了我大哥那些人，就是你們吧？」

「——大哥？」

「是啊，你們以前殺了的那個，就是我大哥。」

見到柚希眉皺得更深，魔族大漢哈哈大笑地說：

「妳不要誤會……我並不恨你們。那傢伙只有體格和我差不多，事實上是個只有一張嘴的三腳貓；可別把我沃爾加大爺，和那種爛貨相提並論。」

「…………………」

柚希只是以沉默回答沃爾加。

並就此具現出「咲耶」，靜靜等待戰鬥開始的訊號。但是——

「妳這女人真不可愛。該不會，是看到妹妹輸得太慘，羞得說不出話了吧？啊？」

「…………」

這嘲弄使得柚希雙肩一顫，她依然不發一語地瞇起冰冷的眼瞪視沃爾加。

「搞什麼……妳還是有點表情的嘛。」

沃爾加在柚希的瞪視下呵呵笑道：

「本大爺才不打亞多米勒斯那種無聊的爛仗……既然妳是那個垃圾小鬼的姊姊，我就告訴妳一個小祕密，讓妳稍微多出點力好了。」

說完，他將粗壯的右手向上攤開，朝柚希伸去。

「——」

野中柚希隨之睜大雙眼。因為她看見沃爾加在掌上造出小型龍捲風般的魔力波——然後構成了某樣東西。

是刃更的制服鈕釦。那應該是能將魔力轉化為物質的能力吧。

「…………」

對柚希而言，那能力的原理為何並不重要。問題是，亞多米勒斯能以卑劣手段欺騙胡桃的依據——是來自於沃爾加。

「看到了吧，本大爺可是粗中有細啊……怎麼樣，做得很像吧？拿來騙騙單純的小鬼，簡直輕而易舉。」

「……是喔。」

對於搖肩訕笑的沃爾加，柚希只說了這兩個字。終於懂了——完全明白了。雖然實際讓胡桃傷成那樣的是亞多米勒斯，原因卻是來自眼前這魔族。這些挑釁對柚希而言太過粗糙……並沒有擾亂柚希的情緒。

不過，沃爾加所說的真相，以及他對胡桃的污辱——全都被柚希鑿實地刻在心裡。

「哼……」

沃爾加見到柚希只是站著不說話，便沒趣地用力捏碎他複製的鈕釦，將細沙般的殘骸灑向空中——緊接著，那瞬間到來了。

——之前每一場決鬥，都是設下適合決鬥者雙方的戰鬥空間後才開始。

但這次不同。彷彿這座競技場正適合柚希與沃爾加交戰般，空間沒有切換，宣告戰鬥開始的銅鑼聲就已經響起。

「——————」

對這偷襲似的異常狀況，野中柚希完全不為所動，即刻動身。蹬踏擂台地面，向沃爾加直線疾奔。

在沃爾加眼中，那勇者一族的少女子彈似的向前衝來。

她是無視於這異常狀況，打算先發制人吧。

「哈，天真……！」

可是，這種事早就在沃爾加的預料之內。所以——

「唔唔唔啊啊啊啊啊啊啊啊！」

沃爾加對直線突襲的柚希聚氣咆哮，全身使力，猛然膨脹的高大軀體隨即布滿紫色光點

——下個瞬間，他的外觀完全變了樣。

全身包覆著以自身魔力轉化的武裝，形如頑強魔獸貝希摩斯的裝甲。

這就是沃爾加能將大哥瓦爾加譏為爛貨的原因——「靈魔裝」。

臂力、腿力、體力、防禦力等各種身體能力，都獲得飛躍性提昇的沃爾加，再具現出一把長柄巨大戰斧。

沃爾加高舉武器時，柚希已衝到他胸前，開始橫斬的連續動作——但沃爾加毫不在乎。

穿上這靈魔裝，就是他最完備的防禦姿態。

「————」

柚希拔刀術般抽出靈刀化為斬擊。

「唔喔喔喔喔喔啊啊啊啊啊啊啊啊！」

沃爾加則是猛力揮下巨斧，作為反擊。

——緊接著產生的，是搖撼整座競技場的轟聲與震動。

沃爾加一擊就劈開擂台，因而掀起的衝擊中看不見柚希的身影；不僅如此，沃爾加本身甚至感覺不到身體遭到斬傷。

看樣子，是這記反擊嚇得她臨時猶豫該攻擊還是迴避了吧。結果，這樣的遲疑反倒使得她捱了攻擊。

「哈……一下就被打成灰啦？也太弱了吧！」

當出言譏笑的沃爾加要舉起劈裂擂台的斧頭時——

「喔……哎呀。」

不知為何向前倒去，連忙踏腳支撐。

但是——沃爾加依然握著斧頭向前傾倒。

「啊？怎麼啦……」

上次穿上靈魔裝，已經是好久以前的事了，而且在這狀態下全力揮斧，說不定還是第一次。難道是太興奮導致使勁過頭，把腳給踏麻了吧。

這想法讓沃爾加下意識地回頭，查看自己的下半身。

「喔——……？」

然後皺起了眉。沃爾加的下半身還站著，腰腿都站得穩穩的。

儘管如此，沃爾加依然持續傾倒——兩個狀況互為矛盾。

彷彿上半身與下半身不是連在一塊兒。

「——————」

接著沃爾加見到——在自己仍舊站立的下半身另一頭。

有個背對著他，手持靈刀默然佇立的少女。

16

沃爾加即使高大軀體遭水平斬成兩段也仍想戰鬥，上半身不斷掙扎；然而大量出血很快就使他喪失意識，再也沒有動靜。

「拜託喔……這傢伙怎麼死得比他的爛貨大哥還爽快啊。」

沃爾加如此不堪一擊，讓休息室中的拉斯看得一臉苦笑。

畫面上，柚希「鏗」地一聲將靈刀收回鞘中時，被沃爾加一斧劈壞的擂台在剎那間復原。看來，並不是戰鬥空間沒有切換，而是直接複製了整個擂台。

隨後，柚希就這麼下了台，對地上的沃爾加一眼也不看。

柚希對於胡桃遭亞多米勒斯欺凌的憤怒，似乎是仍未平息，那氣勢壓得競技場觀眾一聲也不敢吭。

當候在一旁的工作人員將沃爾加搬上推車送走時，拉斯的視線從柚希踏入通道、返回穩健派休息室的畫面移開，問：

「那麼，再來怎麼辦，雷歐哈特？」

「…………」

雷歐哈特回答拉斯的是重重的沉默。樞機院薦舉的沃爾加戰敗，並沒有讓他稍吐怨氣……因為六戰代表，他的副官巴爾弗雷亞前去探查樞機院的狀況，至今仍未歸返。

「再不準備出場就麻煩了吧，用通訊魔法找不到人嗎？」

「……是啊，也感覺不到巴爾弗雷亞的靈子反應。」

這表示別說通話，就連與他建構頻道也辦不到。

巴爾弗雷亞是雷歐哈特的頭號忠臣，不太可能在這種時候藏起來，那麼最可能的情況就是——

第3章 挑戰未來的戰士們

「繼東城刃更之後，連巴爾弗雷亞也消失啦……該不會他們倆都被樞機院抓走了吧？」

「……我是不願意那麼想，但不是不可能。」

拉斯唏噓地對面色依然凝重的雷歐哈特說：

「受不了……如果不趕快處理，又要給樞機院藉口找碴囉。」

「可是——我們現在也沒有其他人能上場。」

若說巴爾弗雷亞不在，樞機院必定會派自己的屬下代為出戰。目前這邊是拉斯一勝、路卡一敗，樞機院雖因為沃爾加而記下一敗，但亞多米勒斯戰勝胡桃，再使得潔絲特犯規判敗，共得兩勝。在這戰績不利的狀況下，要是連巴爾弗雷亞的缺也被樞機院填補，而且得勝——那麼即使雷歐哈特贏得決鬥，現任魔王派的五勝之中，仍有三勝是樞機院的功績。等同於，樞機院最後贏得了實質上的勝利。

「那麼——你該不會只想在這裡乾瞪眼吧？」

拉斯揪著眉問。只見年輕魔王搖搖頭，站起身。

「怎麼可能。我可不想再讓樞機院得寸進尺。」

雷歐哈特說道：

「就算我們沒人能上場——還是有阻擋他們的方法。」

17

「棄權……？」

澪在穩健派休息室內聽見大會廣播時，不禁皺起眉頭。

現任魔王派竟主動放棄第六戰的副將戰。

……怎麼回事？

是那邊出了問題，還是又有陷阱……無論如何，露綺亞原定出場的第六戰是由穩健派獲勝，雙方形成三勝三敗的平手局面。

得靠最後的主將戰一決勝負。

除了萬理亞單純是實力輸給瀧川，經過對方使出卑劣手段，拿刃更缺席設詭計而導致胡桃落敗、潔絲特犯規判敗後，勝場數還能與對方打平，已堪稱是最好的結果。

……可是。

成瀨澪依然愁眉不開——因為刃更還沒回來。

雖然戰事進展速度超乎想像地快，令人不甘，但那算不上理由。這時，澪聽見競技場爆出空前的盛大歡呼。

牆面投映的影像上，雷歐哈特已登上擂台。

「怎麼辦……再這樣下去……」

這次就換穩健派不戰而敗，也代表穩健派就此戰敗。

當澪焦急地喃喃自語時，有個人進入休息室。

是露綺亞。副將戰不戰而勝，讓她沒上場就回來了。她見到休息室只有澪，便說：

「看來，刃更先生還沒回來……那麼，這一場就由拉姆薩斯大人出戰，沒問題吧？」

「露綺亞小姐，拜託妳再等一下……現在——」

說刃更不會出現還太早——澪這麼說之前，投影裝置所映出的擂台已開始轉換成戰鬥空間。也許是在這雙方持平的主將戰之際，要為穩健派與現任魔王派的決戰選一個名副其實的戰場吧，戰鬥空間逐漸變化為一座風格古老的都市——

「……這下子，是真的非拉姆薩斯大人出戰不可了。」

「什麼意思？」

瞇起眼的露綺亞對澪回答：

「那是第三代魔王列佐納斯的王城，古代都市拉達。身為初代魔王後裔的列佐納斯，是在戰勝第二代魔王後，登基成為新魔王……這座古都就是當時的戰場。現在由於具有高度歷史價值，受到了高階魔法保護，只有具魔王血統的人才能進入。既然戰鬥空間是模擬性質的複製，將它視為保留了當地特性，應該較為穩妥。」

「天啊……那不就……」

露綺亞的說明，使澪茫然地注視畫面。

這麼一來，就算刃更趕到了——也無法站上擂台，和雷歐哈特一決勝負。

18

戰鬥空間所複製的古代都市中。

雷歐哈特，在矗立於其中央的高層建築頂端，兀然靜候。

這建築，是列佐納斯成為第三代魔王後選定的王城。

擂台在對戰對手現身前，轉變成這座唯有魔王後裔才能進入的古都，即表示雷歐哈特的對手，只會有拉姆薩斯一個吧。

至少剩餘的穩健派成員中，沒有一個能站上這座擂台。

……到頭來，東城刃更依然沒有出現。

儘管稍微抱憾，雷歐哈特仍平然接受命運的捉弄。

巴爾弗雷亞前去探查樞機院的狀況後，沒多久就斷了消息。

由此可以推測，刃更很可能也遭到他們囚禁。

……就這樣吧。

最後導致的這個狀況，對雷歐哈特其實並不壞。拉姆薩斯不僅能一擊消滅涅布拉的高階英靈，更是威爾貝特的兄長，夠資格作為現任魔王派與穩健派最後決鬥的王牌。

雷歐哈特其實是希望親自戰勝繼承了威爾貝特血統及力量的澪，斬斷逝去的亡靈──有歷代最強之稱的前任魔王的陰影，昭告天下自己才是現任魔王；然而在對方刻意避免自己與澪對戰的情況下，奢望這種事未免太過貪心。

……再過不久。

再過不久，自己就能達成長年懷藏的悲願了。

雷歐哈特彷彿要壓抑浮動的情緒般輕閉雙眼，等待對手來臨。

十秒後──一陣尖銳鳴動聲之中，周圍空間微微晃動。

「……………………」

雷歐哈特緩緩睜眼，向下投射的視線彼端──大街對側的高層建築頂端，不知何時多了一名少年默默地仰望著他，手上握著一把巨大的銀色魔劍。來者何人已不必多作解釋。

「這樣啊……」

他多半是用那個消除能力，消滅了魔王後裔才能通過的結界吧。

輕聲低語後，雷歐哈特也在手中具現出魔劍洛基，宣告：

「——開戰吧。」

「嗯……」

曾為勇者一族的少年——東城刃更點頭回應雷歐哈特的呼喊。

此後，兩人再也不需要任何言語。

——開戰的訊號響起了。

但這回不是以往的銅鑼聲。

古代都市的大鐘同時齊鳴。

那會是，祝福魔界新秩序即將誕生的禮鐘嗎。

雙方同時蹬踏樓頂。

就此往前方空間縱身飛躍，同握魔劍，掃出全力一斬。

東城刃更，與現任魔王雷歐哈特，賭上自身所有的這一擊，於此刻激出劇烈火花。

第4章 無盡之夢的延續

1

第三代魔王列佐納斯所統治的，古代都市拉達。

以曾為魔界歷史轉捩點的王都模擬而成的空間中，不停迸發某種聲音。

來自連續鳴響的尖銳擊劍風暴，以及不時搖撼大氣的衝擊與震動。

那是描述戰況何等激烈的戰鬥聲。

聲音的源頭並不定於一處，一刻也不停歇地不斷移動著。在聲音的源頭——有兩道人影將歷史悠久的建築物群屋頂及屋簷上蹬踏飛躍，有如交纏的兩陣風，在空中接連交錯。一個是疾揮白銀魔劍的人類少年，一個是劈掃漆黑魔劍的魔族青年——東城刃更與現任魔王雷歐哈特。

第一擊就全力交鋒的兩人，充分利用整個空間進行高速戰鬥。

……真快。

雷歐哈特即使同樣置身於彷彿化成風的速度，仍對於對手的速度有此感嘆。

純比較臂力與劍術，無疑是自己為上；但眼前飛簷走壁的刃更，速度明顯更快。雷歐哈特在前次大戰中與無數勇者交過手，也見過巴爾弗雷亞、拉斯、八魔將等許多戰鬥力超群的夥伴；但老實說，不記得哪一個能達到這種速度。加爾多在報告上，曾提及在與炎龍合一的狀態下，速度快過刃更；不過——

……不會錯。

現在的刃更，速度一定比對戰加爾多時更快。加爾多在那種狀態下的威力確實驚人，但速度仍在雷歐哈特之下；而雷歐哈特現在完全是追在刃更身後，而且追也追不上。不過，占速度優勢的刃更倒也不是只顧與雷歐哈特保持距離。

刃更在屋簷不再連續的寬廣大道前加速躍起，雷歐哈特以腿力補足速度隨之跳躍。只見刃更凌空扭腰，旋動雙腳變換方向，面對隨後追來的雷歐哈特落在屋簷上，衝開大把紅瓦滑行了一段，再猛一躍向雷歐哈特。

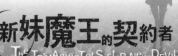

「…………！」

雷歐哈特準備著地之餘向下一劈。那不是為了抵擋刃更斬往右上的劍，而是要將它強行擊退。

緊接著，雷歐哈特在彼此撞出的擊劍聲中，以劍刃接觸點為支撐，利用互擊的反作用力高高越過刃更頭頂；一個前空翻後，選擇在鄰樓頂端落地……但沒有直接落下，在空中向後橫斬洛基。

下個瞬間產生的，是彼此推擠的金屬聲。刃更見到雷歐哈特躍起，瞬時轉身就斬，雷歐哈特那一劍就是為了這一擊。在他終於落地的那一刻，戰鬥就此變為沒有喘息機會的近距離對斬。

刃更在雷歐哈特周圍數步範圍的空間內，高速移動著不停攻擊，而雷歐哈特則是在原地出劍擋架。無數擊劍聲，漸漸包圍他四面八方。

那不絕於耳的激烈劈砍聲開始沒多久，雷歐哈特眼前就出現某種現象。

揮劍斬來的刃更，數量增加了。

「這……」

那是反覆進行短距離高速移動所造成的臨界現象。

雷歐哈特眼前，產生了東城刃更的殘像。

2

刃更與雷歐哈特的主將戰終於開始。

遠在一方的穩健派根據地維爾達城中，也播放著即時戰況。

雷歐哈特認為，穩健派有權觀看自家代表的戰況，得知戰果終將魔界導向何方，准許播映戰況的投影裝置向維爾達送出魔力波動；雪菈再透過人在當地的露綺亞，將雙方投影裝置的魔力波動調至一致頻率後，便能零時差地觀看戰況。

克勞斯等許許多多的人，都在大廳或自個兒房間等各個角落，屏氣凝神地注視戰況演變；然而維爾達城中庭——有個人在栽植其中的群樹之間架起吊床，將口袋書蓋在臉上當眼罩，躺在網上悠哉地打盹。

那不是別人，正是東城迅。被他帶來這座城的現任魔王派少年兵菲歐，走到他身旁不敢置信地問：

「喂，你兒子跟雷歐哈特陛下的決鬥開始了……不看嗎？」

迅先答聲「不了」，將書拿下臉說：

「都到了這種時候，沒必要再看下去了吧……」

「沒必要？……現在是三勝三敗，這場主將戰的結果會決定魔界的未來耶？好吧——」

第4章
無盡之夢的延續

菲歐接著說：

「對你這個人類來說，我們魔族以後怎麼樣可能不關你的事……但好歹也關心一下自己的兒子吧？再說你怎麼沒跟去啊？」

「因為我能做的事都做完啦。」

曾有戰神之稱的男子雲淡風輕地說：

「我能做的，就只有在戰前幫他特訓，還有戰後幫他擦屁股而已。不管他是輸還是贏，結果都一樣……當然實際要做的事會有所變化啦，不過現在這樣子就行了。再說──」

迅又道：

「如果我跑過去湊熱鬧，反而會把事情弄得很麻煩，到時候就好笑了。別看我現在這樣，我和魔界的關係可是剪不斷理還亂啊。」

「你不管什麼時候看都是這樣啊，又不只是現在。」

菲歐嘆了口氣，又問：

「那麼，你有什麼看法？你兒子贏得了雷歐哈特陛下嗎？」

「天曉得。作老爸的，當然是希望寶貝兒子能贏啊……」

迅聳聳肩回答：

「能那麼簡單的話，我們也不用辛苦了。刃更打贏他的機率──頂多兩成而已吧。」

3

雷歐哈特面前，刃更不停地加速，殘像甚至超過了十個。

那是不斷急停造成大幅緩急變化，使得視覺與腦產生認知誤差而造成的現象。

不過，刃更雖然的確較快，雷歐哈特仍能看清他的位置。至於他為何執意製造殘像——雷歐哈特心裡也有了底。

……香水就是為了這個嗎？

首度交鋒時，雷歐哈特就發現刃更身上散發的強烈氣味，是來自那瓶香水。原本，這是會暴露自身位置的愚蠢行為；但對於以速度為武器的人而言，則另當別論。

在塗抹大量香水的狀態下進行高速位移與急停，將產生幾乎等同人形的殘香，能誘使雷歐哈特誤判刃更的位置。

——另外，這香水還有其他效果。

對雷歐哈特，能起到挑釁及擾亂心神的作用。刃更請現任魔王派準備的，是佐基爾死後停售的香水。原以為，那是佐基爾給他那色慾遊樂場的女人用的香水；貝爾費格在成為遊樂場新主人後勒令停售，以消除她們對佐基爾的印象。

——但他錯了。分析拉斯依刃更要求購回的香水後，發現與前天貝爾費格進城會見雷歐哈特時所用的香水相同。貝爾費格八成是為了完全占有遊樂場的女人，重新選了屬於自己的香水；阻止它在市場上流通，可能是希望那些女人擁有魔界獨一無二的香氣。

然而前天，還不知道刃更要的是佐基爾還是貝爾費格的香水。從一開始雙方代表會面時，從澪身上聞不到這個氣味，表示刃更現在抹上香水，多半是為了擾亂雷歐哈特的判斷。

「————」

在這遭受刃更不停猛攻、判斷稍有失誤就會致命的狀況下，雷歐哈特在剎那間做出各種攻防，並在迴避之餘分析戰況。至今，自己與刃更交鍔了無數次，而絕大多數，自己都是處於被動。

攻擊的主導權，完全握在對方手上。速度落於人後，就會發生這種情形。

……但是。

雷歐哈特沒有一絲焦急或緊張。刃更的速度確實厲害，殘像也在香水幫助下造成威脅；但現在，雷歐哈特全都能有條不紊地應付自如。

原因出在，刃更的攻擊品質並不好——每一劍都相當地輕。由戰鬥空間外的觀戰者看來，以目不暇給的速度連續進攻的刃更，可能像是壓著雷歐哈特打吧，不過那只是虛有其表。

不是臂力問題，刃更明顯是拿不出原有的力量。

……無論他之前上哪去了。

總之他現在多半傷得不輕。儘管以速度見長的他尚能勉強維持最高速，在這樣的狀態下，想必持續不了多久。以貝爾費格的香水做擾亂或挑釁，是他在這當下所能做的最大掙扎了吧。

——是可以刻意拖延時間，等他自己倒下。

然而那種行為，簡直與耍這種無聊小把戲的刃更沒兩樣。

刃更要求香水是前天的事，接著在昨晚深夜失蹤。換言之，刃更一開始就立了這個作戰計畫，要在對決雷歐哈特時使用香水。雷歐哈特並不想把自己的品格降得和刃更一樣低。

他不是反對耍把戲，只是堅持以魔王應有的風範戰到最後。

「——嘶吼吧，洛基。」

雷歐哈特如此低語的同時，手中魔劍應其呼喚捲起強風，將滯留於周邊的香水味一吹而散。

「————」

在刃更因殘像消散而乍感訝異、稍有停頓時，雷歐哈特放出沒有任何小動作的一擊。

第4章 無盡之夢的延續

全力斜斬。

「！————」

刃更架起布倫希爾德就擋，但這是錯誤的選擇。雷歐哈特視若無物地斬下洛基，將刃更連同布倫希爾德強行掃開。

雷歐哈特毫不留手的劍斬，無情地將眼前的敵人瞬時彈飛。

飛向聳立於前方遠處的超高層巨大雙塔。

「呃啊啊啊啊啊啊啊啊啊啊啊啊啊啊——唔！」

雷歐哈特的強攻，使刃更猛然向後飛去。

……糟糕，如果不想個辦法……！

上身被轟得翻仰的刃更在上下顛倒的視野中，發現路線上有座巨大建築。

「！——喝啊啊啊！」

眼見那巨大雙塔的壁面急速逼近，刃更奮力揮掃布倫希爾德。先行急馳的風刃破壞壁面，刃更緊接著飛進塔內，將布倫希爾德刺向地面試圖減速，但石造地面堅硬得讓他只留下刮痕。

「唔……給、我……停下來——！」

刃更仍不死心地壓下全身重量，劍尖終於刺入地面，濺出刺耳聲響及劇烈火星——如此滑行數十公尺後，總算是成功消除衝力，在這無數桌椅殘骸滿地散亂、格局類似議事堂的陰暗樓層踏定雙腳。

「！……呼、呼……呃——！」

腹側突來的劇痛，讓氣喘吁吁的刃更表情猛一揪結。

看來是煞停時用力過猛，使得腹部的傷口裂開了。

……他一定發現我狀況不太對了吧。

雖想以香水掩蓋血腥味，但近距離對砍了那麼多次，雷歐哈特那種程度的人想必早就看出刃更狀態有異。

——這也是無可奈何的事。刃更腹部的傷，是獨自為這場決戰做某個「準備」時所受的。這是個絕對必要的準備，說什麼也非做不可。

因此，東城刃更對自己受傷毫不後悔，並且——

……得趕快處理才行。

絞盡腦汁思考現在的自己該怎麼對付雷歐哈特。

貝爾費格的香水沒有讓雷歐哈特失去冷靜，利用氣味增強效果的殘像也擾亂不了他。

在這情況下，也不能像先前那樣以最高速應戰了。

當刃更急忙從自己手裡剩下的牌擬定接下來的計畫時，一陣巨大且沉鈍的金屬聲傳入耳裡，餘音不絕。

「！……怎麼了……？」

刃更不禁蹙眉，接著感覺到整座塔在地鳴般的響聲中搖撼起來。

腦中才跳出「地震」二字，但在見到稍遠窗外，與此成對的鄰塔時——

……不對……！

才發現自己所站的地方——這座巨大的塔出了什麼事，並為之戰慄。

窗外的景物正往斜上移動……表示方才的金屬聲，是整座塔的牆柱被一斬為二的聲響。

恐怕是下幾層樓的位置遭到斜向截斷，失去支撐的上半部沿切面開始滑落。

誰下的手，自然是不在話下。戰鬥尚未結束。

所以刃更即刻試圖離開現場——卻無法如願。因為那名黑衣青年，已跳進刃更飛入塔中時轟開的牆洞。

「————」

雷歐哈特一見到刃更就一個箭步火速攻來。

「！……可惡！」

憑現在的速度逃也逃不了，等同送死。於是刃更挺身迎擊，主動衝向雷歐哈特——當雙劍交鋒的同時，遲早要發生的現象開始了。

兩人所在的巨塔上半段，終於滑出切面邊緣——朝地面墜落。在樓板轉側、牆成了天花板，滿地桌椅殘骸齊灑而落的同時——

「喔喔喔喔喔喔喔喔喔喔喔喔喔！」

「喝啊啊啊啊啊啊啊啊啊啊啊啊啊！」

混亂之中，刃更與雷歐哈特仍激戰不止，鑽竄於瞬息萬變的空間尋找安全地帶、斬開紛飛的碎片，互掃魔劍連斬不殆。每次擊劍時濺出的火花成了短暫的照明，在陰暗樓層映現兩人的身影。天花板、地面、牆板都是立足點，戰場由平面昇華成立體。

「——嘿啊！」

這當中，刃更率先嘗試突破現況，在斬擊途中忽然解除布倫希爾德再隨即喚出，施放從次元交界滑鞘而出的拔刀術——「次元斬」。

目標是破壞武器——斬斷雷歐哈特的魔劍洛基。然而——

「具現化的瞬間高速彈射魔劍，加強斬擊銳度是吧，我聽說過——」

雷歐哈特淡淡這麼說就擋下了刃更的「次元斬」。迅是在刃更發招前先阻斷他手臂動作，雷歐哈特則是同樣解除魔劍並再次具現化，製造次元歪曲干擾刃更用以彈射魔劍的次元

第4章
無盡之夢的延續

交界——輕鬆擋下沒能成為「次元斬」的普通斬擊。
「什麼……！」
「雖然我模仿不來，拿來破你的招也綽綽有餘了。」
對錯愕的刃更這麼說後，雷歐哈特將魔劍拖過腳下牆面猛力掃起，衝擊波頓時順著牆竄向刃更。
「唔——」
刃更倉促向橫跳開，但這一時的空隙已讓他跟丟雷歐哈特的蹤影，發現從旁繞來的他出現在身邊時已經太晚。
「————！」
見到雷歐哈特斬下高舉過頭的劍，刃更雖能及時架起布倫希爾德抵擋，可是使勁踏實的腳——竟踩破了因戰鬥衝擊而殘破不堪的牆。當雷歐哈特的劍掃到最後時，刃更已整個人彈飛到墜落中的塔體底下。
「唔啊啊啊啊——……！」
離地仍有百餘公尺——若在如此高度直接墜落，必死無疑，所幸刃更發現了能夠落腳的平台。與刃更原在的塔，和與其比鄰的另一座塔之間，有一段懸在空中的聯絡通道。
儘管能在通道上安然落地，刃更仍未脫險，墜落當中的塔已逼至眼前。至於從其他窗口跳出塔外的雷歐哈特，並不像刃更那樣有墜死之虞。

「————」

無數黑色光點凝聚於半空中的雷歐哈特背上——下個瞬間，兩片巨大黑翼赫然展開，使雷歐哈特不費吹灰之力地浮於空中。

沒那種能力的刃更，只有一個方法能夠活命——於是刃更使出了那一招。

那是迅傳給刃更的兩張王牌之一。東城刃更雙手緊握布倫希爾德全力揮擊，將「無次元的執行」的力量轉為消滅能量一舉釋放。

「！——喔喔喔喔喔喔喔喔喔喔喔喔喔！」

刃更釋放的消滅波呈扇狀傾瀉而出，霎時將逼至眼前的上半塔體轟成碎屑。大量煙塵有如襲向地面的塵暴流過刃更身旁，但也僅此而已。

……成功了……！

總算撿回一條命的刃更帶著紮實的應手感抬起頭，只見雷歐哈特將纏繞黑光的洛基架於腰際。

「威力確實厲害……現在，輪到我了。」

一口氣後——

「——吞噬他，洛基！」

第4章
無盡之夢的延續

雷歐哈特揮出漆黑魔劍的瞬間——甚至扭曲了空間的黑色奔流，攪弄著大氣轟然衝向刃更。

「唔喔喔喔喔喔喔喔喔喔喔喔喔」！

儘管腹側的劇痛讓表情猛一擰扭，刃更仍咬牙擊出「無次元的執行」。那當然不是為了完全消滅雷歐哈特的黑色奔流，只是勉強迎擊，只想姑且將它打散；但是——

……好、好重……！

雷歐哈特的黑色波動推力強得驚人，幾乎撞開以雙手握持的布倫希爾德，逼得刃更兩臂加倍使勁。

即使腹側出血得彷彿血管爆開也無所謂——強行揮掃出去。

「呃啊啊啊啊啊啊啊啊啊啊啊啊啊啊啊！」

刃更獸嚎般的狂吼，總算放出「無次元的執行」。

並且——就在驚險地成功打散雷歐哈特的黑色奔流時，眼前忽然傳來聲音。

「——我也聽說過你的消除能力。」

轉頭過去，只見右斜前方——雷歐哈特沉腰紮馬，儼然是即將斬出魔劍洛基的架勢。

「！——」

「無次元的執行」必須在雙手全力揮掃布倫希爾德的狀態下發動。

雷歐哈特就是看準了發招後的細微破綻。雷歐哈特的斬擊，朝刃更因揮出布倫希爾德而失去保護的右腹側直指而去——

「————！」

雙手握劍的刃更立即放開裝甲化的右手，直接以下臂接擋洛基的斬擊。

——這裝甲，是布倫希爾德具現化時的衍生物。

材質強度，自然與布倫希爾德的劍身相同——但是，有一個明顯的異處。

那就是厚度。與魔劍本體同樣厚的裝甲，會讓刃更的右手重得揮不了布倫希爾德；既然要輕，裝甲厚度也會相對地薄。刺耳的金屬聲中，刃更右下臂的裝甲——外殼部分當場縱切開來，露出連刃更也是初次看到的內部構造。

不過——現在可不是驚嘆或做任何感想的時候。雷歐哈特的斬擊似乎切斷了主要血管，裝甲裂縫頓時噴出鮮紅血液。

不僅如此，刃更在這一劍的衝擊下向橫彈出聯絡通道，飛入空中。

……啊……

感到錯愕時——東城刃更已墜向地面。站在聯絡通道邊緣俯視著他的雷歐哈特，就這麼霎時遠去。

『————』

接著見到的，是視線遙遠另一端，雷歐哈特轉身離去的背影。

彷彿勝負已分。

「…………」

在這墜地危機分秒逼近之際，東城刃更心中出現一個念頭——假如自己就此死去，事情會如何變化。首先，穩健派必定會輸去這場決戰。

——然而，澪她們應該不會有事。因為迅曾說，假如刃更戰敗，他就會不顧大戰時的糾葛出面處置。

迅可是刃更最驕傲的父親，必定能以刃更完全學不來的手法解決魔界的種種問題，確保澪的自由與安全，柚希、胡桃、萬理亞和潔絲特也不需要擔心；儘管不甘心，但迅就是有這樣的能力。現在，刃更的身體已經不聽使喚……不如就將接下來的事交給迅，老實接受自己的敗北與死吧，這樣也落得輕鬆。

「…………！」

但東城刃更死不了這條心。自己還有珍愛的人在等著，有重大的承諾要守；豈能讓自己就這麼成為一個騙子、叛徒，說什麼也不能退讓。

絕不退讓。

因此——東城刃更在這一刻打出最後一張牌。

——離開維爾達前，刃更請雪菈替他準備了一些藥。

一項是為了與澪幾個加深主從關係的強精劑，而另一項——經過那場賭上性命的特訓，從迅口中得知自己身上有兩個母親的血後，便請雪菈調配出——能強力喚醒其中一方的引爆劑。

東城刃更心中，有些無論如何都不能退讓的事物。為了守護他們，哪怕雙手得染上汙血，只要是必須做的事，刃更都願意去做。

就算自己將不再是過去的自己也無所謂。

於是刃更以舌尖頂出藏在臼齒後的藥錠——

「——————」

一口吞了下去。

蘊含魔力的藥錠一通過食道就立刻分解，被身體吸收殆盡。

「……——肆虐吧，布倫希爾德。」

刃更如此低語時——離地已只餘十公尺。

第4章
無盡之夢的延續

如此一來，這場決戰就是由現任魔王派獲勝了。雷歐哈特心想。

……可是，還有些必須消滅的障礙。

在剷除樞機院那些老賊之前，這場戰爭都不算結束。

就在雷歐哈特的意識轉往下一場戰鬥時——

「————？」

正下方突如其來的劇烈衝擊與搖撼，使他抽了口氣。雷歐哈特念在刃更死鬥至今，是個可敬的對手，即使是敵人也不想看他墜地而亡、不成人形的模樣。但是——

「什麼……？」

雷歐哈特從聯絡通道上俯視地面，不禁錯愕。

從這種高度墜落的刃更不僅沒死，還直挺挺地站著仰望他——且全身高燃紅色的氣場。

……那不是……

雷歐哈特深知那氣場的顏色代表什麼……或者說，不可能不懂。

因為那氣場，與人稱歷代最強的前任魔王威爾貝特的氣場，是同樣顏色；也是雷歐哈特為了得到足以主宰魔界全土的凝聚力，而長久渴望的力量。

由此可見，刃更能夠踏入這個重現古都拉達、唯魔王後裔才能進入的空間，並不是因為他用「無次元的執行」消滅了結界。

……居然。

被刃更的氣場顏色奪去目光的雷歐哈特從訝異中回神，才發現刃更身上的其他變化。他全身包覆著黑得近似雷歐哈特的戰鬥裝甲，握在手中的布倫希爾德也彷彿女武神大展羽翼般改變形狀，劍身也加長了一倍有餘；有如自我防衛本能完全解放，轉換為覺醒狀態的形體。

『────』

刃更舉起布倫希爾德就往下一揮，剎那間──

「唔──啊啊啊啊啊啊啊啊啊啊啊啊啊啊啊啊！」

沉重的紅色波動從正上方衝擊雷歐哈特，將他連同聯絡通道──一口氣壓到刃更所在的地面上。趴在刃更眼前的雷歐哈特，只能用盡全力抵抗這稍一放鬆就恐怕會壓垮他的壓力。

……重、重力魔法？……不，不對……！

或許來源相同，但這不是魔法。刃更所做，是對雷歐哈特揮下布倫希爾德──這動作可能是魔法的發動條件，不過較為自然的可能，是那和雷歐哈特全力驅動洛基內含的魔力爐，釋放黑暗奔流相同；刃更藉揮動布倫希爾德，朝雷歐哈特放出了象徵重力魔法的紅色氣場。這麼一來，也能夠解釋布倫希爾德為何會變成那怪異的形狀。在雷歐哈特如此推測時，傾注其身的強勁重力奔流仍不停持續，甚至不知不覺間，在他周圍壓出深深挖開了地面似的巨大陷坑。

……！太大意了……！

雖不是小看刃更，但事實就是自己耽於打倒樞機院這個最終目標而失去警覺。全身動彈不得的雷歐哈特，咒罵起自己這使得情勢逆轉的草率之舉。只要有一瞬的疏忽或一次後悔，就足以在戰場上喪失性命。

「──────」

雷歐哈特咬緊牙關抬起頭，只見刃更冰冷無情地俯視著他，再度揮下右手握持的布倫希爾德。

「呃！……啊……唔……！」

同時全身肌肉誇張地歪曲，骨骼發出哀號般的擠壓聲。

即使雷歐哈特已痛苦不堪，刃更也沒有就此罷休。

「──────」

他默默握緊布倫希爾德，做出再加重壓力的動作。

要將雷歐哈特完全壓碎。

……姊姊……！

當那把劍揮下，自己長年懷抱的悲願、夢想中的魔界未來，以及莉雅菈的笑容和溫暖

——全都會化為烏有。現今這個樞機院暗地裡支配魔界的體制，也會永永遠遠地持續下去吧。然而現在的雷歐哈特儘管擁有無論如何都要改變現況的志氣，卻想不到任何脫困的辦法。

因此，刃更就這麼揮下布倫希爾德，壓碎雷歐哈特的肉體和靈魂——的前一瞬。

「……——不行。」

突來的聲音和少女，阻止了刃更。

——那不是莉雅菈。倘若莉雅菈趕來拯救雷歐哈特，一定會擋在刃更與他之間，保護他不受刃更侵襲。

而少女——則是從背後抱住刃更，阻止了他。

那名雙臂繞到刃更身前用力環抱、臉頰緊貼著他的背的少女是——

「成瀨……澪……——？」

沒錯。救了他的是生為魔王之女，卻選擇以人類身分活下去的少女。

少女突然的介入，使雷歐哈特錯愕地念出她的名字，並赫然發現一件事。

能出聲了……衝擊雷歐哈特的猛烈重力波已經減弱。

——其原因，就在選擇魔王之道的雷歐哈特眼裡。

澪的紅色氣場，溫柔地包覆了刃更的同色氣場。

5

成瀨澪在自己的決鬥中，直到最後都沒使用前任魔王威爾貝特的力量。
現在，卻將它用在阻止刃更上。
——澪不明白刃更為何也能使用重力系力量。
無論如何，澪的直覺告訴她，除了以她的重力魔法干擾、鎮撫刃更的重力系力量以外，沒其他辦法能阻止現在的刃更。
——昨晚，刃更離開客館前，交代過澪等人一件事。
儘管可能性非常地低，但萬一刃更企圖殺死雷歐哈特時——必須盡一切努力阻止他。
澪等人不懂那是為什麼，但知道刃更有他自己的想法，立刻就答應了刃更的請託。見到刃更如此地認真，她們自然是拒絕不了。
至少對澪而言，刃更是絕對的主人——更是重要的家人。
而且——所有人當中，能進入這個空間的也只有澪一個。
所以現在，完成這項承諾的任務，全負在澪一人的肩上。那不是為了幫助雷歐哈特，而是阻止刃更失控，同時絕不能讓自己的力量失控而昏厥。畢竟對象是刃更，自己只需要阻止他的行動而已。

於是，澪小心翼翼地調節自己體內的魔王之力。

——過去，瀧川曾勸她增強實力，到足以在出了萬一時殺了刃更的程度。

可是，澪到頭來仍然無法強悍到那種地步。

……不過。

這就夠了。因為，大家反而因此結下了更深的關係、發生任何事也切不斷的強烈情感。所有人就是相信這份情感而決定珍重彼此、一起活下去。因此——無論如何都要阻止刃更。

「刃更……已經夠了。」

澪輕呼他的名字，將胸部貼上刃更的背——彷彿要疊合彼此的心跳。

最重要的，是告訴他自己就在這裡。

如同成瀨澪過去陪伴在東城刃更身邊一樣，這點往後也不會改變。

接著——澪挺起腰，以只有刃更聽得見的音量耳語：

「——拜託，哥哥。」

主從契約的詛咒並未發動——成瀨澪卻如此稱呼刃更。

她知道，當自己這麼呼喚他時，刃更絕對會回應。

……沒錯。

因為刃更是這樣的人，澪這樣的妹妹、忠僕——女孩才會深愛著他。這份滿懷於心的強烈情感，絕不會背棄她。

「……………………」

布倫希爾德劍鋒落下了……不是揮下，而是刃更卸除灌注於手臂的力勁，慢慢放下；然後吐出一口又重又長的氣，將左手疊上澪環抱在他前胸的手。

「…………澪。」

轉身呼喚她的，已是平時的刃更。

不同於邂逅當時——是澪如今加倍深愛的，現在的刃更。所以——

「————」

成瀨澪再也按捺不了滿腔的情緒，不管戰鬥空間外有多少隻眼睛盯著他們。

再一次地，深深擁抱刃更。

——對所有看著這一幕的人，傳達一個重要的事實。

自己並不屬於穩健派或現任魔王派，更不屬於樞機院。

成瀨澪從很久以前——就是東城刃更的人了。

刃更等人所處的戰鬥空間外，一片寂靜。

注視內部轉播的觀眾，全都啞口無言。

——澪的介入，干擾了刃更與雷歐哈特的決鬥。

但沒人敢像潔絲特那時一樣叫囂，要以這犯規行為判刃更落敗。

因為無論澪有何理由或意圖，就結果而言，都從刃更手下救了雷歐哈特一命。

『——————』

影像中，刃更朝試著起身的雷歐哈特伸出了手。

『…………………………』

經過一段長長的沉默——雷歐哈特才慢慢地握住他的手。

現任魔王、前任魔王的女兒、人稱戰神的勇者之子，在這一刻齊身並立。

任誰也沒想到，現任魔王派與穩健派的決戰終幕，會出現這樣的畫面。

這一景——使得競技場中的每個人，都霎時見到了魔界不再爭戰的未來。

然而——有些人懷著不同的心態，等待著這種發展和狀況的到來。

戰神迅・東城之子，「無次元的執行」的使用者東城刃更。

譽為史上最強的前任魔王威爾貝特的獨生女成瀨澪。

威爾貝特身故後，成為新魔王嶄露頭角的年輕英雄雷歐哈特。

那些人等待的——就是能一次撂倒這三人的狀況。

「——祭品都到齊了。吃個夠吧，凱歐斯。」

在樞機院的特別觀覽室觀戰的馬多尼斯這麼說的同時，「那東西」開始行動。

『————』

下個瞬間——一道白色閃光穿過刃更等人所在的戰鬥空間。

緊接著帶來的，是劇烈搖撼大地的爆炸。

6

「太棒了……那就是從前消滅北極永恆凍原的煉獄灼焰嗎。」

從影像觀看刃更與雷歐哈特決鬥戰況的樞機院議員們，見到戰鬥空間內發生的大爆炸，一個個興奮不已。即使戰鬥空間內外有次元斷層相隔，爆炸的餘波仍震得觀覽室一陣搖晃。

「簡直是開天闢地啊。正適合為今天這個魔界歷史的轉捩點，畫下一個完美的句點。」

樞機院某人這麼說時，影像切換到戰鬥空間中那場爆炸的上空。

映出了「那東西」的身影。

——近日，現任魔王派在西域發現了舊惡魔時期的遺跡。

日前攻擊維爾達時投入的巨大英靈，就是從那裡掘出的。雷歐哈特等人將它們重新調整、結訂契約後，交給加爾多指揮。同時，樞機院也私自進行了屬於自己的調查及挖掘工程。以監察之名遣往維爾達侵略戰的涅布拉所配得的，就是他們暗中掘出的高階英靈。

至於這場決戰中，擔任現任魔王派先鋒的路卡使用的，是比涅布拉那具更高階的英靈。

「無論英靈怎麼用，也不過是英靈……」

所謂的英靈，相傳是使用於舊惡魔時期的靈體兵器。

沒錯——只是兵器。那麼，操縱它們的究竟是誰呢？

當樞機院前身「七罪大公」，掌控力尚未遍布魔界全土時，貝爾費格意外接觸了魔精界深層地帶，將一個將能夠使喚英靈的超高次元生物成功召喚到了這個次元。貝爾費格就是操縱了這個生物，一舉消滅所有反抗勢力，成為魔界的主宰。

由於那生物擁有超乎想像的驚人力量，後世給了他另一個代表其絕對地位的稱呼。

那就是，更在「魔王」之上的——「魔神」。

第 ④ 章
無盡之夢的延續

「凱歐斯……哎呀呀，我也是好幾千年沒見過那東西啦。」

樞機院中的一人感慨萬千地說。

——馬多尼斯等五名樞機院議員，都是第一次目睹凱歐斯的雄姿。在場所有人，沒一個名列於當時的「七罪大公」之中。

這五人——包含已經死去的佐基爾在內，也就是貝爾費格以外六名，都是那場稱為「魔神大戰」的戰爭後才獲選為樞機院議員。

反言之，七宗罪中有六席全在戰爭中空了下來，只有貝爾費格一人留存。

——其原因，正是魔神凱歐斯。

使役魔神，需要獻祭龐大的魔力與靈子能量。

但是——當時的貝爾費格仍成功使役魔神，殲滅了反抗勢力。

藉由將自己以外的六名「七罪大公」全作為祭品。

有如吞噬了一切的混沌——凱歐斯這名字，即是來自於此。日後貝爾費格難以獨力駕馭凱歐斯時，馬多尼斯等現在的樞機院議員，幫助貝爾費格封印凱歐斯，使其陷入長眠，再也不曾現世——最後，人們只能在傳說中聽見他的名字。

直到——今日為止。

「這裡有現任魔王雷歐哈特，和前任魔王威爾貝特的女兒成瀨澪……再加上迅．東城的兒子東城刃更……」

而且──

「還有現任魔王派跟穩健派的代表戰士，以及滿坑滿谷的觀眾……聚了這麼多祭品，肯定是夠他吃的了。」

沒錯，樞機院介入這場決戰，並招來大量觀眾，就是為了這一手。

樞機院很明白，雷歐哈特想要他們的命──且知道樞機院打算趁決戰料理他。為此，他們備妥祕策，要在此踏散雷歐哈特的野心。

原本要和潔絲特決鬥的現任魔王派第四號代表……樞機院排的是凱歐斯；但情況突然變得有利，當然是不會照原訂順序讓他上場。於是三號代表亞多米勒斯要脅了胡桃，並製造出戰下一場的潔絲特非介入不可的情況，成功達成這個計畫。

「你們看……這邊也開始了。」

眾人跟著某人的愉悅言詞向外看去，只見競技場中，因雷歐哈特等人的戰鬥空間發生爆炸而傻眼的觀眾們，又驚又疑地叫喚起來──因為場中出現許多巨大魔法陣，英靈接二連三地從中現身。

為操縱凱歐斯，樞機院將自己與亞多米勒斯等一干屬下之外，所有競技場中的人都設成了祭品。凱歐斯召喚出自己所屬的英靈，就是要收取他的祭品吧。

第4章
無盡之夢的延續

【——————】

眼帶凶光的英靈們往觀眾席一望就全體撲了上去——開始一場瘋狂的虐殺。

在突來的慘劇掀起的無數慘叫及轟聲中——

「這麼一來，就能將我們收拾雷歐哈特的目擊者清得乾淨溜溜。」

馬多尼斯滿意地說。再來就是等這一切過去，說幾句話將雷歐哈特的死編成一齣悲壯的故事，再讓亞多米勒斯登基為新魔王，所有問題就圓滿解決了。

「迅．東城那邊怎麼樣了？」

「沒問題……看。」

另一幅影像接著展開，畫面中是維爾達的現況。

數量更甚於上一次攻城的高階英靈，正逼向從前的魔族王都。這是因為迅上一次入侵倫德瓦爾城時，樞機院解析了迅的靈體波型，也將他設定為祭品之一的緣故。

「就算是迅．東城加上穩健派的殘存兵力，也沒辦法處理這麼多的高階英靈吧。即使被他們打敗，凱歐斯也早就解決這邊的問題了，再來只要讓凱歐斯解決他就行。」

「加爾多呢？」

「不要緊，我也把他設定成凱歐斯的祭品了。」

再展開的影像，顯現出遭英靈襲擊的倫德瓦爾城。

「真可惜……那座城品味非凡，我很喜歡啊。」

「有什麼關係呢。不過就是城堡，再蓋就是了。這一次，就蓋一座更大更氣派的吧。」

「那倒是……」

「話說馬多尼斯閣下……亞多米勒斯人呢？」

當兩人相視而笑——

「喔，他好像有些人非得親自去收拾不可。」

就在馬多尼斯笑著回答時，包覆戰鬥空間的白光急速收縮，且不是因為供應燃燒的空氣燃燒殆盡。

「那是……」

馬多尼斯眼前，那萬物皆燒成殘跡的古都——大地上，立著三道人影。

其中一人，是剛揮出巨大魔劍的姿勢。

見狀，馬多尼斯笑道：

「那個消除能力啊……有意思。滿身是傷的你和雷歐哈特對上凱歐斯，究竟可以撐上多久呢？」

7

在爆炸的超高熱總算退去、連瓦礫也蒸發了的大地上。

「可惡……那是哪來的啊！」

刃更放下剛使出「無次元的執行」的布倫希爾德，仰望天空大喊。那道白光的能量極強，無法完全消去；燒成焦土的大地，就是那灼熱閃光的餘波所致。

視線彼端，有個詭異的東西飄在空中；身纏危險的紫紅色氣場，六條手和兩條腿與長於胸部、不停蠢動的粗大觸手糾纏在一塊兒，形成奇形怪狀的噁心肢體。

「那恐怕是凱歐斯……」

雷歐哈特表情凝重地說出了那東西的名字。多虧了他即刻以魔劍洛基的結界，替刃更爭取使出「無次元的執行」的時間，並擋下了餘波的傷害，三人才能平安無事。

「從前，貝爾費格就是成功和那個魔神定下契約，現在才會站在樞機院的絕對地位。根據傳說，凱歐斯強韌的肉體含有龐大魔力，擁有任何魔法都行不通的結界。那是在威爾貝特他們上個世代的人都還沒出生的很久以前的事，所以我也是第一次親眼目睹……巴爾弗雷亞去探狀況之後再也沒回來，也許就是他的緣故。」

可是——

「操控他需要獻祭非常巨大的魔力和靈子能量，貝爾費格用過一次就封印了才對……現在喚醒他，很可能是為了解決我和你們，把我們三個都設定為祭品；說不定，那也包含了外面所有人在內。」

「這樣不只能除掉我們這些障礙，還能一次封住所有目擊者的嘴……對他們是一石二鳥之計——那現在怎麼辦？」

「無論如何都要殺出一條生路……我才不要就這樣變成他的祭品。」

刃更回答澪的問題後舉直布倫希爾德。

「——我們暫時休戰，可以吧？」

「沒問題——解決他才是當務之急。」

雷歐哈特也向前一步，站到刃更身旁架起洛基。

雖然在這狀況下，現任魔王雷歐哈特是一大助力；可是——

……難啊。

老實說，這根本不是會因此有所轉機的問題。凱歐斯的氣場遠遠強過S級，簡直無法計測，而且自己還受了傷。

……得快想想辦法。

單純和澪三人圍攻，不可能有任何勝算。

第④章
無盡之夢的延續

「你說操縱他需要祭品嘛……如果時間拖久了，他會不會像用光燃料那樣自己消失？」

「不是不可能，但那只是我們的樂觀想像。以那種前提來戰鬥太危險了。而且——」

雷歐哈特又道：

「如果祭品是啟動他的條件，那麼在殺了我們之前，恐怕不會消失。」

「要是我們三個不夠對付他，找外面其他人來幫忙不就好了嗎？」

「——外面能看見我們所在的這個戰鬥空間裡的影像。觀眾見到凱歐斯，一定會引起騷動，我們的同伴也會採取行動。樞機院不可能沒料到這點。」

換言之——

「恐怕外面也已經亂成一團了吧……沒有任何人進來就是最好的證據。傳說中，凱歐斯麾下有無數英靈。他很可能在外面召喚出那些英靈，屠殺觀眾當作祭品，為自己補充魔力和靈子力。」

「不能爭取時間，也不能和外面的同伴會合……那就是我們只能自己想辦法了吧，而且還要儘快。」

「是啊……只要能打倒他，就算英靈已經被召喚出來，也會一併消失吧。這樣也能幫到外面的人。」

當刃更應和準備好自力應戰的澪時——

「話就說到這裡吧——他來了。」

在雷歐哈特提醒下，兩人看去，只見魔神凱歐斯彷彿是判斷方才用的廣域攻擊無法打倒能使用「無次元的執行」的刃更三人，朝他們開始下降。

8

野中柚希在穩健派的醫務室，見到了刃更三人遭受偷襲的瞬間。

胡桃在決鬥中受的傷雖已治療完畢，但傷害似乎相當地大，仍未恢復意識……柚希身為姊姊，自然想陪在她身邊。

與瀧川決鬥時昏厥的萬理亞也仍在昏睡當中，她的姊姊露綺亞同樣伴著她。

架設擂台的競技場所迸發的轟聲、震動以及觀眾的叫喊，都傳到了柚希等人所在的醫務室，不由分說地告訴她們外頭的混亂是多麼慘烈。

——再這樣下去，這間醫務室也很快就會暴露在巨大英靈的威脅下，不能放任不管。

更重要的是，遇襲的刃更等人也非常令人擔心。

於是柚希託露綺亞照顧胡桃後，轉身就要趕往擂台。

第4章
無盡之夢的延續

但她無法如願——因為這間醫務室，也成了戰場。

「！…………」

柚希表情肅殺地架起「咲耶」，注視眼前的敵人。

阻擋她趕往刃更身邊的，是以卑鄙手段傷害胡桃的仇人——高階魔族亞多米勒斯。

「原本只是想來補漏給對手的最後一刀，沒想到還附送了這麼多禮物啊？」

手持鋒銳巨鐮的亞多米勒斯悠然微笑著如此譏諷後，露綺亞冷眼說道：

「居然想暗算傷患……樞機院的手段都是這麼骯髒嗎？」

「不，這只是我個人的作風。一旦盯上獵物，就要負起責任要了她的命，否則就太失禮了。」

儘管必須同時面對柚希和露綺亞兩人，數量上相當不利，亞多米勒斯仍不改臉上的悠哉笑容。

「想抵抗就請便……反正在這狀況下，妳們絕對不是我的對手。」

「——！」

亞多米勒斯的話，讓柚希表情一沉；身旁的露綺亞也是同樣反應，表示亞多米勒斯所言不假。現在被逼入困境的，反而是柚希她們。

——負傷昏睡的胡桃和萬理亞，都在這醫務室裡。柚希和露綺亞必須採取不會波及她們的戰法，以免加重她們的傷勢。

而兩人也深痛地明白，那是極為困難的事。柚希和露綺亞各以「咲耶」和鞭為武器，都是技能型的戰士；沒有刃更「無次元的執行」那種消除對方攻擊的招式，也不像澪或胡桃那樣，擁有能視情況張設的魔法護壁，進行廣域防禦的方便能力。相對地，亞多米勒斯在對戰胡桃時曾設下強力護壁，表示他的魔法也具有相當水準。

而以魔法攻擊廣域範圍，可是輕而易舉。憑亞多米勒斯的魔力，只要他願意，肯定能一轉眼就將這醫務室化為廢墟。

——當然，柚希和露綺亞也能進行廣域攻擊。

但在不能殃及胡桃和萬理亞的前提下，無論如何都不能那麼做。

再進一步地說，就連使用強力招式的機會也都遭到剝奪。

在這十分嚴苛的情況下……柚希和露綺亞還發現，自己有其他顧慮不周的部分。

「…………？」

當柚希擔心誤傷胡桃和萬理亞，而遲疑是否該主動出擊時，發現視野冷不防搖晃起來，當場軟腿跪地。露綺亞似乎也是同樣狀況，一手扶著身旁的牆。

……難道是……？柚希錯愕地抬頭往眼前看去，只見亞多米勒斯笑得更深了。

「妳們以為戰鬥還沒開始嗎？未免也太散漫了吧。」

接著告訴她們，現在的異狀正是他的傑作。

「妳們中了會吸取生命力的魔界瘴氣。既然對那個夢魔都這麼有效，妳這個勇者一族的人類，一定很痛苦吧？」

亞多米勒斯佯裝抓了刃更作人質，痛擊不敢全力應戰的胡桃，還逼得潔絲特犯規而落敗；面對擁有如此心機的對手卻不夠警覺，讓柚希付出慘痛代價。

「！……唔……呃！」

現在她不只頭暈，甚至因呼吸困難而缺氧；但仍盡力站起，握直咲耶，保護傷重昏睡的胡桃不受眼前這卑鄙小人的毒手。露綺亞也帶著與柚希相同的表情，具現出她的鞭。

見到兩名姊姊，都拚上性命保護自己心愛的妹妹——

「這表情真不錯……那麼，我們就開始吧。」

亞多米勒斯微笑著這麼說之後，手持巨鐮緩緩走近。

9

潔絲特在競技場的混亂狂潮中極力奮戰。

對手，是毫無預警地憑空出現的無數巨大英靈。

她原本想和澪一起趕到刃更身邊，但無法進入戰鬥空間。或許是因為擂台遭到英靈破壞，使得構築戰鬥空間的系統發生故障，再度布展了應被刃更消除的結界。

潔絲特鑽過眼前英靈捶下的巨拳，蹬地躍起。

「喝啊啊啊啊啊啊啊啊啊啊啊啊啊！」

伸長的銳爪銀光一掃，切斷英靈的阿基里斯腱。當場跪地、轟隆隆地向前傾倒的英靈，接著再受到潔絲特土系魔法的追擊。

潔絲特所布展魔法陣的地面霎時竄出巨大的黑曜石圓錐——其尖端從英靈的下顎貫穿頭部；而且不僅如此，圓錐更分解成無數利刃構成的沙塵，從其口腔湧進喉嚨，直奔至英靈體內——

「——爆炸吧。」

並在潔絲特將水平伸出的右手用力一握的同時化作沙暴。體腔與臟器已被割得稀爛的英靈忽然由內大幅膨脹，巨大的身軀就這麼炸個粉碎。

這時，潔絲特已經鎖定了下一個英靈而動身。

——滿場觀眾對這突來的災難，只能哭喊著四處竄逃，不知道出了什麼事。

然而潔絲特並非如此。見到刃更等人在戰鬥空間中遭受不明物體襲擊後，對現狀已有大

致概念。

於是她鼓動背上羽翼，飛昇到足以鳥瞰巨大英靈的高度。

……刃更主人他們，恐怕是對上了凱歐斯。

潔絲特曾聽前樞機院議員佐基爾描述太古魔神，很快就察知這一大群英靈應是凱歐斯的召喚物。

……這麼一來。

既然無法進入戰鬥空間，現在的自己所能做的最大援助，就是打倒這些英靈，盡可能削減凱歐斯的力量。

「我已經發過誓——凡是威脅刃更主人性命的，一律格殺勿論。」

再一次表明自己的存在意義和意志後，潔絲特瞬即朝眼下英靈群急速俯衝。

以殲滅危害主人的東西。

10

迎戰魔神凱歐斯之際，雷歐哈特與刃更和澪選擇先轉移陣地。

凱歐斯的第一擊，將原先那一帶燒得只剩地表；別說無處可逃，就連可供閃避或防禦的遮蔽物也沒有。

雷歐哈特的飛翼遭刃更的重力波所傷，難以高速飛行，便與刃更一起用澪的飛行魔法飛向高層建築密集的地區。

凱歐絲一見到他們開始移動，就以同樣速度跟來；不急著追上，也不讓他們拉遠，保持一定距離。

「這邊應該就行了——讓我下來吧。」

雷歐哈特確定凱歐斯跟來後這麼說，澪點點頭解除雷歐哈特與刃更的飛行魔法，讓他們滑翔著地；澪再拉開點距離，降落在稍遠處的建築頂端。若傳說不假，澪的魔法恐怕無法對凱歐斯這樣的魔神造成傷害，又當然不能與他短兵相接；所以這場戰鬥中，澪必須克盡援護角色，讓專司近身戰鬥的雷歐哈特與刃更對抗凱歐斯。現在，他們兩人站在高樓左右相挾的大道上，抬頭仰望空中的凱歐斯；同時——

【————】

魔神凱歐斯也朝他們急速下降，並在六條手臂中外側的四條手裡，各具現出巨劍、長槍、長柄斧、戰錘等武器，直飛而來。

「——一半交給你。」「好——我知道。」

雷歐哈特舉起洛基，身旁的刃更也點著頭握緊布倫希爾德。

面對凱歐斯一齊砸下四把武器的攻擊，雷歐哈特與刃更各自散開進行迴避——緊接著，方圓（半徑）逾十公尺的大地在搖撼四面八方的震動中轟然爆碎，為他們與魔神凱歐斯的死鬥揭開序幕。

遭破壞的地面被衝擊震為砂土，在凱歐斯周圍掀起的濛濛煙塵中，雷歐哈特和刃更同時動身；一左一右襲向凱歐斯，揮劍就斬。

雷歐哈特立即得到堅硬的手感與刺耳的擊劍聲。凱歐斯以手中的戰錘和巨劍擋下了他們的夾擊。

【————】

當凱歐斯劈下長槍及長柄斧回擊時，雷歐哈特和刃更已完成迴避，動作正轉往下一次攻擊。兩人繞到凱歐斯前後，刃更從左肩斜斬、雷歐哈特由正下方撩劍。在前的刃更，遭凱歐斯同樣以巨劍擋下；背後的雷歐哈特這一撩則是在關節活動範圍外，精準劍勢往凱歐斯背部長驅直入——然而雷歐哈特的手卻得到與斬擊相差甚遠的詭異感觸。

「————！」

仔細一看，凱歐斯的兩條觸手繞到背後，擋開了洛基這一斬。洛基雖能斬斷凱歐斯的觸手，本體仍平安無事。這時湧出觸手斷面的紫紅色液體，讓雷歐哈特湧起壞預感而反射性地跳開，滴落的液體跟著溶開地面，發出滋滋的燒焦聲。

……體液是強酸嗎！

若這劍砍中身體，也許能造成有效創傷，但體液可能破壞刃鋒。當雷歐哈特為這棘手的新問題向後跳遠拉開距離時，凱歐斯出手追擊了。被斬斷的觸手霎時復原，追隨雷歐哈特暴伸而出；即使立刻仰身閃過，對方的觸手仍緊追不捨，順相同軌道繞了回來，直往臉刺去。

「唔…………」

雷歐哈特再向左側躲避，同時那觸手向橫猛掃——轟隆一聲，將背後的高層建築從根掃斷。

「————」

單手撐地側翻的雷歐哈特順勢再接後空翻，迅速離開現場。

在背後建築發出紛亂破碎聲倒塌的氣息中，雷歐哈特奔向凱歐斯本體，並於建築頂端與大道對側的建築撞出巨響時——

「！——喔喔喔喔喔喔喔喔喔喔喔喔喔喔喔喔喔喔喔喔喔喔喔喔喔喔喔！」

看見前方的東城刃更，正以超高速步法搭配神速斬擊，對抗凱歐斯的四手輪攻；不僅是防禦，反擊的劍光也不時閃動。然而進行攻擊，難免得犧牲防禦與迴避。刃更在凱歐斯的猛攻中找出空隙出劍橫斬，卻被凱歐斯的戰錘毫無偏差地擋下。沉重的衝擊彈開布倫希爾德，使刃更姿勢稍微一崩——槍尖立刻刺來。

「——你想得美！」

伴隨少女喊聲飛來的風刃，硬是彈開了槍尖。既然凱歐斯本體不受魔法傷害，澪便瞄準武器提供掩護。當偏離原軌的槍尖掠過刃更肩旁刺入地面，凱歐斯已進入洛基的攻擊範圍。

「喝啊啊啊啊啊啊啊啊啊啊啊啊啊！」

雷歐哈特從斜後方猛衝而來的斬擊，成功由根切斷凱歐斯持長槍的手。

……一條了。

感到戰況有所進展時——

「——雷歐哈特！」

刃更突然如此呼喊，音調並非感謝，具有警告的意味。

因此雷歐哈特下意識地凌空轉橫，凱歐斯的觸手隨後貫穿了翻動的斗篷。才覺得觸手順勢捲向斗篷下襬，雷歐哈特的身體已甩向空中。

「…………！」

再不掙脫，會被觸手砸向地面或附近建築。雷歐哈特將擺脫凱歐斯觸手威脅設為第一優先，迅速解開斗篷扣環，但這並不會消除甩動的慣性。斗篷鬆脫的同時，雷歐哈特直往切線上的建築牆面飛去——不過，忽然有陣風在他與牆面之間做了緩衝，讓他免去這一撞。

「…………」

恢復姿勢並安然落地後，雷歐哈特對澪一眼也沒看，只是注視前方。自己這雙眼，只盯著必須打倒的敵人就行了……澪也不會要求道謝吧。相信她的注意力早就離開雷歐哈特，意識和視線都灌注於與凱歐斯近距離交戰的刃更身上。

至今，已成功斷了凱歐斯一條手臂——只要繼續下去，勝利就在眼前。

為奪得必須的勝利，雷歐哈特朝凱歐斯疾奔而去。

凱歐斯的動作，是由直線與曲線交織而成。

不具關節的觸手有如長鞭，沒有活動範圍的限制，攻擊變化自如。

持用多種武器的手臂，接連不斷地進行著多角度的連續攻擊。

其臂力遠超乎人類或魔族的層次，若接擋有誤，手臂就會瞬時麻痺，喪失攻防能力。

可是——刃更與雷歐哈特相互配合，順利地接應著凱歐斯的動作。

——刃更與雷歐哈特之間，並沒有夥伴間的默契。

然而，他們擁有曾經以死相搏的兩者之間才會明白的合作方式。

自己的動作，會讓對方如何行動；對方行動後，自己該如何動作。

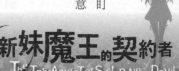

第④章 無盡之夢的延續

正由於他們互為敵人時，比誰都更認同對方的實力；通力合作時，將產生同樣強烈的信賴。

「唔喔喔喔喔喔喔喔喔喔喔喔喔喔喔喔！」「喝啊啊啊啊啊啊啊啊啊啊啊啊啊啊！」

刃更與雷歐哈特位置變換不定，以目不暇給的速度前後左右移形換位，對凱歐斯連連猛攻。雷歐哈特攻擊時，刃更替他架開難以迴避的反擊；當刃更疲於防禦凱歐斯的連擊，雷歐哈特的攻擊讓他轉守為攻——兩人就這麼互補短長，在戰鬥中逐步提昇合作精度，採取最適合彼此的動作。再加上澪從遠處專挑絕無僅有的時機進行效果極佳的掩護，讓刃更得以遁入凱歐斯懷中全力揮擊、雷歐哈特竄過身旁的同時颯然出劍，斬下他拿長柄斧及戰鎚的手。包含始終交抱胸前的手在內，只剩三條了。

活路終於闢了一半。但是——

「…………！」

持續近距離高速戰鬥的刃更，面色沉重了點。

——在凱歐斯的氣場壓迫下持續近距離戰鬥，時時消磨刃更的精神，使體力消耗得超乎想像。雷歐哈特似乎也身陷同樣情況，動作明顯不如起先俐落。當然，凱歐斯少了三條手臂，使戰局變得更為有利，不過——

……問題是那些觸手。

凱歐斯的觸手與手臂不同，無論斬斷幾次都會立刻復原，等同虛耗。非得在體力耗盡之前，想出辦法打倒凱歐斯不可……在這漸漸加重的想法催趕下，刃更試圖斬下凱歐斯拿巨劍的手臂——

「！————？」

但焦躁造成的些微分神，卻將刃更逼入危機。凱歐斯始終交抱不動的兩條手臂忽然解開了。一旦手臂減少，當然會發生這種狀況，且一開始就在設想之中；然而現在的刃更，竟猛然將它當成意外——為凱歐斯的突發之舉跳開後，刃更發現自己的選擇造成了致命的失誤。凱歐斯新具現出的武器，是一把巨大的弓。

【————】

凱歐斯隨即拉緊弓弦，從正前方射出不具實體的魔力之箭。

「唔——喔喔喔喔喔喔喔喔喔喔喔喔！」

刃更後躍著擊出「無次元的執行」，勉強將箭彈散。

沒有其他自救的辦法了——可是，那只能應付眼前，危機尚未過去。

——與凱歐斯的戰鬥中，刃更從沒用過「無次元的執行」，直到剛才。

要發動「無次元的執行」，必須集中意識，雙手揮出布倫希爾德；這樣的動作，無論如何都會造成一瞬的空門。因此，與雷歐哈特交戰時，刃更也只用在彈散遠程攻擊上。再者，完全消除必須斬斷天元；而凱歐斯雖然體內應也有天元存在，但由於能量過於強大，完全看不清。不完全發動，或許能多少打散凱歐斯部分軀體；然若對他無效，發招後那一瞬空隙，將成為刃更的致命傷。

在三人聯手的情況下，都被凱歐斯逼得喘不過氣了；假如刃更失敗而死，澪和雷歐哈特多半也會接連喪命。不過現在，刃更還是使出了「無次元的執行」。

魔神凱歐斯果然沒放過這個破綻。

【──────】

凱歐斯幾乎貼地地向前傾身，以纏繞於下半身的觸手猛力暴跳而出。扭動觸手在地面滑行著霎時逼近的模樣，彷彿一條巨大猙獰的怪蛇。

繞至凱歐斯背後的雷歐哈特，不僅無法阻止這場突襲，還被凱歐斯蹬地造成的衝擊波轟上空中。壞事居然在最糟的時候一起發生──當刃更這麼想時，凱歐斯已逼至眼前。

「──刃更！」

千鈞一髮之際，澪的援助趕到了。刃更被來自正下方的強風瞬時吹上空中──並在那裡，見到凱歐斯失去目標後，轉向製造這狀況的澪。糟糕──才剛覺得不妙，凱歐斯已跳向人在遠處建築物頂端的澪。

……！……

這瞬間，刃更聽見胸中心跳飆漲。

澪是高階魔法士，無法對凱歐斯造成傷害。雷歐哈特所說的，魔法無法傷害他的傳說，已在過去的戰鬥中獲得證實。

澪為攻擊凱歐斯的武器，以攻擊魔法掩護射擊時，失準而打在他身上的，全都在與他接觸的同時消散無蹤。

儘管如此，澪也不能以飛行魔法逃跑。這麼做將更加拉大自己與刃更和雷歐哈特的距離，反而將自己置於孤立無援的死地。

——當然，他們也考慮過凱歐斯鎖定澪為目標的狀況。

所以刃更總是占據能以背遮掩澪的位置戰鬥，好讓自己在有什麼萬一時，能夠立刻趕到澪身邊。

倉促之間，刃更為解救澪而在空中揚起了布倫希爾德——

「！——」

卻突然綳住了自己的身體。能阻止凱歐斯的攻擊，就只有釋放消滅能量；然而從這裡攻擊凱歐斯，不僅澪在火線上，自己說不定會像雷歐哈特一樣彈飛。這段時間——凱歐斯仍不斷向澪逼近。

「可——惡啊啊啊啊啊啊啊啊啊啊啊啊啊啊啊啊啊！」

第 4 章
無盡之夢的延續

即使為自己的失誤惱怒，刃更仍不死心地採取行動。

踩蹬吹起自己的風，跳往大道邊的建築物側面——以前傾姿勢著地，是方便第一步就能全速衝刺的預備動作。

——急於趕往澪身邊的刃更，連布倫希爾德都嫌重。

於是他解除魔劍，一鼓作氣地加速。使盡全力的雙腿使他化為疾風，甚至蹬踏建築側面的腳步聲都拋下，沿整排建築的牆面一棟接一棟地往斜上飛竄——但仍舊無法趕上。

刃更與澪還有一段距離，無疑是先行的凱歐斯會快上一步。

然而——東城刃更依然不放棄自己珍愛的少女。

「——澪！」

呼喊她名字的同時，人在視線遠端的少女以行動回應。

往由斜下方逼近的凱歐斯，放出攻擊魔法。

成瀨澪詠唱的是雷電魔法。

朝快速飛來的凱歐斯，射出遍布放電現象的電漿球。

——殺傷力再強的魔法，都會在接觸凱歐斯的肉體時破散。

所以，澪在它擊中凱歐斯前一瞬加了個動作。

「────！」

擊發魔法時伸出的右手猛然一握，電漿球立即爆裂。

那並不是因為失去力量而瓦解。爆裂的電漿球雷鳴大作，將周圍染成一片刺眼的白──澪所做的，是以閃光遮蔽凱歐斯的知覺。

──魔法傷不了魔神凱歐斯。恐怕是因為他具有某種力量，能夠阻絕構成魔法的魔力。那麼，凱歐斯很可能是以視聽觸覺或感熱等方式辨識對象。因此澪引爆電漿球，試圖妨礙凱歐斯感知她的存在。

「────」

引爆前閉上眼保護視覺的澪，在吞噬一切的白光中向橫躲避朝她撲來的凱歐斯──從她所站的屋頂，跳進左側大道的空中。現在根本沒時間施放飛行魔法，只能直接往地面跳。

【────】

巨大氣團般的壓迫感，也在這一刻擦過澪的右側──緊接著，右後方傳來爆炸聲，多半是凱歐斯撞上澪原來所在的屋頂。

成功了──凱歐斯完全追丟了澪，然而閉著眼的澪也是如此。在眼皮擋不住的刺眼白光中，成為自由落體的澪失去平衡，不曉得自己是什麼狀態，只知道正在墜落。

劇烈的閃光，甚至讓澪無法辨別位置。

但是——這世上有個獨一無二的人，知道成瀨澪身在何處。

那就是與她靈魂相繫、締結主從契約，具有讓她甘願奉獻一切的絕對地位，也肯全心全意為她戰鬥的人。

正因為他呼喚了澪的名字，所以澪才毫不猶豫地跳下屋頂。

——隨後，澪近乎確信的想法成為現實。

有股力量，強行從旁攔截了不停墜向地面的澪。那雙強健的手臂抱穩了她，將她擁入懷裡，彷彿再也不願放開——於是，澪在眩目光芒中慢慢睜眼，「他」的臉龐，便理所當然地出現眼前。

「…………」

刃更正溫柔地對澪微笑。即使相隔那麼長的距離，他還是一瞬間就趕到了。

「——————！」

成瀨澪心中一陣激動，也抱緊了東城刃更。

綻於戰場的閃光中——感受只屬於兩人的剎那。

魔神凱歐斯感到設為祭品的少女溜走了。

比人類或魔族更高等的凱歐斯，眼睛很快就恢復視力，從屋頂向下看去。

只見刃更和澪降落在稍遠處的大道地面上，隨即仰望過來。

——但刃更的雙手抱著少女，無暇他用。

凱歐斯當下就明白那代表什麼。

【————】

下個瞬間，凱歐斯向前伸出僅剩的右手，放出他最先在這戰鬥空間使用的灼熱閃光。就算刃更現在具現出武器，也絕對趕不上。

還能將正趕來救援的雷歐哈特一起消滅。

足以掃盡萬物的絕對炙光，霎時以凱歐斯為中心呈放射狀擴散——但忽然轟聲乍起，一整圈包圍凱歐斯的紅色次元斷層阻絕了他的攻擊。

【…………】

周圍空間的重力頓時暴增，使魔神凱歐斯疑惑地張望。

發現有個男子，保護那對設為祭品的少年少女般擋在他們面前。

那是目光鋒銳的紅髮魔族——拉姆薩斯。

第 ④ 章 無盡之夢的延續

11

這時——穩健派的醫務室中，有場戰鬥剛剛結束。

「！……啊……」「呃……唔……」

柚希和露綺亞，倒在磁磚地上痛苦呻吟——亞多米勒斯低著頭，悠哉地看著她們說：

「看吧，我就說嘛……妳們絕對不是我的對手。」

兩人必須保護昏迷的胡桃和瑪莉亞不受戰鬥波及，無法使用強力攻擊，又吸了亞多米勒斯釋放的瘴氣；能在如此劣勢中撐到現在才倒下，堪稱已盡了最大努力，但仍不敵曾為魔王候選人的亞多米勒斯。

那巨鐮很容易就能要了她們的命，不過亞多米勒斯刻意只用刀背，將她們打到無法動彈為止。

原因極其明瞭，這全是——為了讓她們目睹胡桃和瑪莉亞死在他手下的瞬間。

「妳們就給我乖乖趴在地上，看我搶走妳們親愛的家人吧。」

這麼說之後，亞多米勒斯大搖大擺地走向胡桃的床。

「！……胡、桃……！」

柚希極力抬頭，拚命地呼喚妹妹的名字以警告她，但只是白費力氣。

亞多米勒斯站到床邊，注視著胡桃的可愛睡臉，心裡愈來愈興奮。

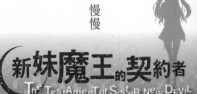

這真是太棒了。接下來，自己就要掐住她細細的脖子，看著她缺氧的臉逐漸發紫，慢慢享受捻熄她生命之火的樂趣。

而且，還是在她姊姊柚希面前。

……再來選誰比較好呢？

該先殺了柚希再照樣掐死瑪莉亞，折磨折磨露綺亞之後再殺了她嗎。

還是先殺了瑪莉亞，讓兩個姊姊飽嘗痛苦後再一併殺掉呢。

不……不如先殺了露綺亞，讓她在不知道妹妹會怎麼死的絕望中死去也不錯。

總之——無論如何，第一個該殺的都不會變。因此——

「好了……這一次，我一定要收下妳的小命。」

亞多米勒斯的左手，迫不及待地往胡桃伸去。

但那隻手卻突然發出刺耳的「咕渣」聲——被從旁伸來的另一隻手捏爛了。

「嘎啊啊啊啊啊啊啊啊啊啊啊啊啊啊啊啊啊！」

還來不及驚訝，亞多米勒斯先痛得狂叫，並急著想甩開攻擊他的不明威脅；但破壞他左下臂的手卻緊抓不放——持續拚命掙扎到最後，亞多米勒斯只好一屁股跌在地上，如此總算是掙脫了。

「好、好大膽子……竟敢破壞我的好事……！」

自己狼狽的模樣使他怒從中來，咬牙切齒地抬起頭，見到原本睡在胡桃鄰床的美麗夢魔——瑪莉亞。儘管敗給拉斯後昏睡不醒，她仍保持成年姿態。

「啊——……」

這時，滿臉憎惡地瞪著她的亞多米勒斯忽然輕叫一聲。瑪莉亞的右手抓著某個東西。於是他怯怯地往自己左手一看，在燒傷般的劇痛中沒了感覺的左手——失去了手腕以下部位，滴著大把鮮紅的血液。

「我、我的手……我的……嗚啊啊啊啊啊啊啊啊啊啊啊啊啊啊！」

瑪莉亞無視於發瘋般慘叫的亞多米勒斯，轉頭查看一片狼藉的房間，以及倒地不起的姊姊露綺亞和柚希。

「這樣啊……連露綺亞姊姊大人和柚希姊都被你……」

如此呢喃後，瑪莉亞將拽下的手扔到亞多米勒斯眼前，說：

「你臉皮也太厚了吧……打傷她們兩位以後，還想偷襲胡桃。」

「唔，小、小小的夢魔也敢囂張……！」

亞多米勒斯從自己那下場淒慘的左手抬起視線咒罵，瑪莉亞卻只是「哼」了一聲說：

「給我聽好。胡桃可是我最寶貴的玩……我最寶貴的朋友啊！」
「可、可惡！」
亞多米勒斯齜牙咧嘴地要揮下巨鐮——但無法如願。
因為在那之前，亞多米勒斯僅存的右臂已被風刃從肩截斷。
見到自己右手握著巨鐮掉在地上——
「什麼——啊啊啊啊啊啊啊啊啊啊啊啊啊！」
讓亞多米勒斯錯愕得大叫。這時，不知何時醒來的胡桃嘆著氣說：
「……萬理亞，妳剛才是不是要說『玩具』啊？」
並且現在才發現亞多米勒斯似的轉過頭來。
「什麼嘛……還以為是誰咧，不就是抓刃更當人質的敗類嗎。」
接著，胡桃從醫務室內的投影裝置所轉播的戰鬥空間內部畫面，發現刃更平安無事。
「……這樣啊，果然是騙人的。」
壓低聲音嘟噥著這麼說後，胡桃低頭看了看亞多米勒斯。
「把我耍得那麼苦，我可要好好報答你才行呢……」
胡桃直接從床上慢慢地漂浮起來。在黑色元素的催化下，胡桃的魔力急速高騰，甚至她使役的精靈都在周圍顯現淡淡的身影。

「你打傷姊姊和露綺亞小姐的份，我現在一次還給你！」

胡桃的左掌伸了過來——亞多米勒斯這麼想時，人已在轟然巨響中彈進空中。

「！————啊啊啊啊啊啊啊啊啊啊啊啊啊啊啊啊啊啊！」

浩蕩的高壓氣流瞬時以掃平沿途萬物之勢吞噬亞多米勒斯，直線推著他破壞無數牆壁和房室；甚至推出競技場外，在後方山丘的厚實岩壁撞出巨大陷坑，差點沒將整座山丘一分為二。

「！……呃、啊……唔——？」

有個影子，出現在苦悶呻吟的亞多米勒斯眼前。

那是將右拳收於腰際的瑪莉亞——

「——到此結束。」

這麼說的同時，成體化的瑪莉亞一拳搗穿亞多米勒斯胸口。

萬理亞這一擊，徹底釋放了灌注於右拳的所有力量。

轟聲與衝擊中，擊出的拳得到紮實的應手感。

——因此，當爆裂的岩壁所掀起的塵煙落定後。

萬理亞放下定在空中的拳，朝自己轟出的，有如一大口洞窟的深坑中——已經動也不動的亞多米勒斯狠狠瞪去，怒道：

「竟敢在我眼前偷襲睡著的胡桃——你也太囂張了吧！」

12

當潔絲特在空中華麗地飛舞，一一消滅巨大英靈時。

混亂未平的觀眾席上，有個人正盡其所能地幫助陷入恐慌的觀眾避難。

那是穩健派的少女——諾耶。

「各位請保持冷靜！繞點路沒關係，從沒人的通道避難會比較快！」

張開了魔法護壁的諾耶不停疾聲呼喊，但沒一個觀眾願意理會。這是當然的，在如此絕對性的威脅面前，任何人都是弱小不堪，只知道往最近的通道不停盲目地擠。儘管潔絲特使得英靈數量漸漸減少，目前仍有雙手數不盡的英靈在場中肆虐。將通道擠得水洩不通的觀眾，等同於絕佳的標靶；當無情的英靈拳一揮、腳一踢，無數生命就這麼成了滿地的血痕和肉屑。如此地獄般的慘況中，諾耶也依然執意留下。

這競技場中的觀眾全是現任魔王派、是敵人，諾耶這穩健派的侍女根本沒義務冒著生命危險幫助他們。

但是——在孤兒院長大的諾耶，不想再看到更多與自己同樣遭遇的孩子。

這裡的觀眾大多家裡還有家人等著、有孩子要照顧；即使是敵人，他們的孩子仍是無辜的，不該承受被這種荒謬情境奪走父母的痛苦。

「！——？」

抱著如此想法拚命奮戰的諾耶，為傳入耳中的「哭聲」赫然繃緊身體。那並不是來自恐慌得哭叫著奔逃的大人，而是真正除了哭以外什麼也不能做的幼兒。

在這時發現那哭號的幼兒的，不只是諾耶一個。

那是從諾耶看來，位在幼兒對面的英靈。

「唔……！」

一見到英靈揚起巨拳——諾耶就衝了出去。

——想都別想！

不顧裙襬翻飛，一股勁地奔過遍地碎磚碎瓦的觀眾席地面。

【——————】

就在英靈的拳砸爛幼兒之前——諾耶抱起幼兒全力跳開。

第④章
無盡之夢的延續

「——呃、唔啊……！」

腹部感到的沉重衝擊，讓諾耶痛得不禁呻吟。雖勉強躲過了英靈的拳，但那一拳落在觀眾席所砸出的大塊碎石仍不幸擊中了她。這時——

……啊……

仍抱著幼兒不放的諾耶，發現自己沒考慮下一步就逃跑，沒想到眼前還有一個英靈——對她們張開了血盆大口。

儘管劇痛使得意識淡去，諾耶仍想儘快將幼兒扔到不受英靈威脅的地方；然而那種地方，在這座競技場中並不存在。

「——————！」

諾耶抱緊幼兒的瞬間——英靈那張開大嘴的臉彷彿臉頰捱了一拳，彈飛出去。同時，有個人在空中抱住了她們。

「……拉斯……」

在環繞的臂彎中見到的側臉，使諾耶下意識地念出青梅竹馬的名字。

接著——在確定那不是幻覺時，就這麼昏了過去。

拉斯凌空接住諾耶和幼兒後，順勢在觀眾席最頂層落地。

在地面放下抱著幼兒昏倒的諾耶之餘——

「居然這麼亂來……」

儘管怒聲埋怨，拉斯仍檢查她呼吸是否安穩，並吐出放心的氣。

這時，出現在背後的另一具英靈揮下巨拳——卻被護壁似的黑色魔力球硬生生擋下。諾耶懷中的幼兒彷彿是對自己獲救感到訝異，不知何時已不再哭泣。

「要乖喔……待在她旁邊，不要亂跑。」

慈笑著對幼兒這麼說後，拉斯慢慢轉身。

「——發黴的人偶也敢這麼猖狂。」

滿腹盛怒的拉斯攤開雙手這麼說的瞬間，無數巨大魔力球疾射而出；不僅擊飛了眼前的英靈，還將競技場內的英靈一口氣掃平了將近一半。

——截至目前，拉斯不曾讓任何人見過自己真正的實力。

但現在的他，腦中沒有一絲保留、寬容或顧忌的念頭。

英靈們似乎發現拉斯的反擊，一起圍了過來。

「就讓我告訴你們……被單方面蹂躪是什麼感覺吧。」

如此宣告後，拉斯緩緩步向大群英靈。

拉斯和刃更一樣，也有些絕不退讓的事物。
所以，眼前這些英靈唯有死路一條。只因它們傷了拉斯最重視的人。

13

東城刃更目睹了眼前的背影——拉姆薩斯，保護他和澪的那一刻。
「為什麼——……？」
澪在刃更懷中錯愕地問。拉姆薩斯沒有回頭，依然面向前方；不過——
「…………………！」
他忽然身形一晃，失去平衡似的單膝跪地。
「！……你沒事吧！」
曾聽說，使用重力魔法會對拉姆薩斯造成極大負擔。
「——還好吧？」
在刃更和澪急忙上前左右攙扶時，雷歐哈特也後一步趕來與他們會合。
「……如果有時間扶我，不如先想辦法處理那東西。」

在三人包圍中，拉姆薩斯擠出聲音訓斥。

「想辦法……哪有辦法啊。」

與凱歐斯戰到現在，仍找不到任何能夠克制他的手段，讓澪難過地說。但這時——

「——不，現在有了。」

東城刃更以切確語氣道出希望的存在。

目前——拉姆薩斯的重力波障壁成功壓制了凱歐斯，使其留在原地。

應能消解魔法的凱歐斯會困在障壁之中，是因為拉姆薩斯的重力魔法影響了周圍空間，製造出凱歐斯跨越不了的次元斷層的緣故。

換言之——

「重力系的攻擊，說不定能把他封到別的次元去。」

東城刃更回想起過去澪體內威爾貝特的力量失控時，險些形成黑洞的事。而且那不是單純的物理現象，是具有魔力的黑洞。

若能再次創造那種黑洞吸入凱歐斯，很可能將他封進其他次元。

——因此，刃更向在場所有人說明自己擬定的作戰計畫。

拉姆薩斯一解除重力魔法，刃更就正面使用「無次元的執行」牽制凱歐斯，澪再對他全力使出重力魔法製造黑洞；凱歐斯必然會試圖閃避——所以雷歐哈特得在這時以洛基的斬擊波予以壓制，讓黑洞吞噬他——這就是刃更的計畫。
聽了說明，雷歐哈特和拉姆薩斯都明白地頷首。
「…………」
然而澪至今總是無法自由掌控威爾貝特的力量，反而面露不安。
見狀，刃更輕摟澪的肩膀說：
「不要怕……相信我。不是約好了嗎，我們要結束這一切，然後和大家一起回家。」
刃更見到澪用力對他點了頭，便緩步向前。
「最後就拜託你了……」「……交給我吧。」
雷歐哈特架定洛基回應刃更，刃更再繼續獨自向前——往凱歐斯走去。
「——」
並與澪等人拉開足夠距離後，沉下腰集中意識——那是無堅不摧的，次元斬的架勢。
連同次元斬使出「無次元的執行」，就算無法完全消除對方，也應能大幅加強彈散的威力。
於是刃更集中所有心神，等待那一剎那。
極限狀態的集中，甚至摒除了刃更耳中的聲音。
「…………」
當世界沒入寂靜時——拉姆薩斯解除了重力魔法。

【———————】

凱歐斯一脫離次元斷層的牢籠就跳下屋頂，落在最近的刃更眼前。面對眼前壓倒性的死亡化身，刃更仍寸步不移；凱歐斯也似乎有所警戒，沒有動作。

寂靜之中，只有氣氛逐漸緊繃。

爾後——那一刻終於到來。率先行動的，是凱歐斯。

【———————】

對那僅剩的右手劈下的巨劍，與一併刺來的觸手，東城刃更做的是終極的後發先至。

將所有動作推至極速，衝向魔神面前。

具現布倫希爾德、擊出次元斬——再加上「無次元的執行」，全部瞬時完成。

「鏗」地一聲尖響中，凱歐斯的觸手和持用巨劍的右臂，甚至肩頭到腹側都爆成飛沫

——不過，作戰還沒結束。

東城刃更躍向眼前的凱歐斯，同時大喊。

「——澪！」

聽見刃更的呼喚時，澪早已做好發動重力魔法的準備。

第④章 無盡之夢的延續

視線彼端，刃更正躍向凱歐斯——但那是為了迴避。

在他縱身穿過轟散凱歐斯的右臂到腹側而造成的些微空間，交換位置般穿過其體側的那瞬間——

「————！」

成瀨澪放出在體內儲能至極限的重力魔法。那力量頓時將凱歐斯從正上方壓倒，產生黑洞——這樣的事情並沒有發生。

「————！」

絞盡全力的成瀨澪感到意識開始模糊的同時，發現一件事。

重力魔法雖罩住了凱歐斯，中心點卻向前偏了一些些。

絕不能傷及刃更……這樣的想法，使澪下意識地稍微前移了發動位置，然而——這卻是致命的誤差。

【……………】

凱歐斯以觸手代腳使盡踏地，要這推力向後跳開，逃出澪重力魔法的影響。

失敗——最糟的兩個字，在心中勾出幾近絕望的想法。

……啊……

但這時澪看見，繞到凱歐斯背後的刃更以著地的右腳為軸扭腰轉身，即將橫掃布倫希爾德的身影。

「唔喔喔喔——！」

出劍的瞬間，布倫希爾德放出了紅色波動。

與先前壓制雷歐哈特時一樣——將重力波化為斬擊。

澪由上方放出的重力魔法，與刃更橫向斬出的重力波。

兩者的交錯，使得澪製造的黑洞轉化成高度扭曲、沖向虛數次元的洪流，箝制了企圖脫逃的凱歐斯。

【————】

即使遭到縱橫雙向的重力波束縛，凱歐斯仍使盡全力，往影響較小的方向——斜上拚命掙扎。

——不過，魔王雷歐哈特可不允許。

在凱歐斯動作之前，雷歐哈特已在空中架起魔力爐全力驅動的洛基——

……他是一開始就料到會有這一刻嗎。

雷歐哈特於預先說定的時機飛來時，明白了刃更的意圖。

斬斷凱歐斯右臂後——刃更的迴避方式，是衝向凱歐斯懷中直至背後，交換前後位置。若只是為了閃避澪的重力魔法，沒必要冒上接近凱歐斯的危險，向後退或左右跳都更安全。刻意選擇前進到凱歐斯背後，是為了讓他留在原地。向左右或後方跳開，會與凱歐斯拉開距離——這麼一來，右臂遭斬斷的凱歐斯多半會反射性地追逐刃更而移動位置。

但是——若刃更主動縮短距離，凱歐斯就會當場繼續迎擊。這樣的動作，果然成功將凱歐斯釘在澪的重力魔法之下。

而且他更在背後擊出重力波，衝擊澪的重力魔法而造成更強大的重力漩渦，進一步限制了凱歐斯的逃脫方向，帶來了最有益的成果。

儘管眼前這成功執行了的完善劇本勾起微微的惆悵，雷歐哈特但仍毫不鬆懈地完成了自己的任務。

「在次元的夾縫裡沉睡吧——太古魔神！」

如此宣告的同時，雷歐哈特揮出了洛基。

魔力爐全力運轉的魔劍所釋放的黑色衝擊波，刺入了澪與刃更的重力波之間，直擊凱歐斯。

【————】

甦於現世的古代魔神，就這麼被推向黑洞的中心。

下一刻——黑洞的扭曲超過臨界點，無法承受其質量而瞬時塌縮。

風暴般狂亂的氣流與魔力漩渦驟然平息，空間也恢復原狀。

吞噬周遭一切的黑色球體消失後，只在地面留下一個空空的陷坑。

魔神凱歐斯的身影，已經消失無蹤。於是——

「…………」

雷歐哈特輕吁著氣慢慢放下洛基，並解除了它。

——這動作，代表一場戰鬥的確實結束。

眼下，拉姆薩斯從旁攙扶著失去意識的成瀨澪。

東城刃更正踏出穩健的腳步，向她走去。

尾聲　必行之志的先後

1

魔神凱歐斯，遭刃更、澪、雷歐哈特及拉姆薩斯四人擊敗後。

樞機院眼見暗殺雷歐哈特等人的計畫告吹，決定祭出最後的王牌——啟動埋於競技場地下的完全消滅裝置，將這裡所有人連同整座設施一起化為塵土。

「真是的，想不到連留到最後的絕招都得用上啊。」

「這也是沒辦法的事。凱歐斯都被關進虛數次元空間了，沒有能夠撂倒雷歐哈特的直接戰力嘛。」

話雖如此，樞機院議員的神情和語氣仍一派輕鬆。

以這座競技場作為現任魔王派與穩健派決戰場地，是樞機院的決定。

一旦啟動完全消滅裝置，競技場各處將連鎖爆發消滅能量，場中一切都會遭其吞噬。東城刃更的消除能力確實棘手，但從那威力看來，除了只能用於反擊之外，還有其他不小的限制，不可能同時消除到處爆炸的消滅能量。

所以才會這麼地游刃有餘。

不過他們之中，只有一個是滿臉的苦悶。

「──哎呀，真是太可惜啦，馬多尼斯閣下。」

「…………」

這句帶著淺笑的話，聽得馬多尼斯咬緊了牙。由於貝爾費格缺席，這場計畫的主持棒，便交到了馬多尼斯手上。

而最後，卻落得這種結果。樞機院其中一人，對站著不說話的馬多尼斯笑呵呵地說：

「而且亞多米勒斯還說什麼『要去收拾獵物』，結果被反咬得連命都沒了；凱歐斯那些攻擊維爾達的英靈，還在主人敗給雷歐哈特幾個之前，就全被迅．東城宰光了，真是想不到啊。」

「！……還沒完，事情還沒結束！只要啟動消滅裝置，勝利一樣是我們的，還是照著計畫走……有什麼好說三道四的！」

馬多尼斯不禁激動起來。

「的確，只要一口氣收拾掉雷歐哈特和穩健派那些人，對我們的計畫來說是一點影響也沒有。」

尾聲
必行之志的先後

前一名議員說到這裡，後一個又嘲笑意味十足地接著說：

「可是——事情真的有照著閣下的計畫走嗎？」

「……………！」

痛處被戳，讓馬多尼斯咬牙得喀喀作響。

馬多尼斯原想趁貝爾費格缺席的機會，讓自己往次任樞機院議長的位置更進一步，同時立屬下亞多米勒斯為繼任魔王，結果連壓箱寶凱歐斯都丟了。這樣慘重的損失，就算解決了雷歐哈特也完全彌補不來；別說提昇地位，就連第二號人物的位子都岌岌可危。

「好了，總之先趕快解決眼前的問題吧。尤其是雷歐哈特那幾個，一定得在這裡收拾掉才行。畢竟在派出凱歐斯之前，要不是威爾貝特的女兒半路殺出來救人，迅．東城的兒子已經把他逼死了……縱然民眾過去都當他是年輕的英雄，可是見到他那樣子以後，不會覺得他能可靠到哪裡去。」

當馬多尼斯為難以壓抑的氣惱握緊雙拳時，另一名議員說道：

「現在，雷歐哈特這塊魔王招牌已經大不如前了……失去作用的廢物，就是得早點清乾淨。」

「……………」

的確是一點也沒錯。這時候愈是想著將功抵過或洗刷汙名，只會沉得越深而已；應該先

尾　聲
必行之志的先後

把這件事了結了，再擇日捲土重來才對。這次雖然跌了一跤，下次一定要扳回劣勢；如此一來，遲早能坐上樞機院議長的位子。

當這麼想的馬多尼斯誦起自己這部分的消滅啟動碼時——

「啊～果然在這裡，姊姊直覺好準喔！」

只准馬多尼斯等樞機院議員進入的特別觀覽室中，響起一道帶點傻氣的聲音。

轉頭一看，有個美女站在門口；雖是魔族，卻有神族般的金髮碧眼。樞機院每一個人，都很清楚她是什麼人。

「呵呵，大家好哇～♪」

如此天真地笑著打招呼的，是雷歐哈特的姊姊——莉雅菈。

「莉雅菈公主……您怎麼跑來這裡啦？」

莉雅菈不是該和加爾多待在她倫德瓦爾城裡的那個房間嗎。

加爾多也被設為凱歐斯的祭品，所以有批英靈襲擊了倫德瓦爾城……當時，莉雅菈人應該還在王城裡才對。

……這是怎麼回事？

加爾多是個重信義的人，很難想像他會背信於雷歐哈特，離開莉雅菈身邊。

然而現在，在競技場中感覺不到加爾多的靈子反應。

雖不知莉雅菈是如何隻身混入競技場中——

……為安全起見，還是宰了的好。

「馬多尼斯閣下……別這麼快下那種結論嘛。要除掉雷歐哈特，犯不著連她都殺啊。」

當馬多尼斯提高警覺、匯聚體內魔力時，一名議員笑著勸說，同時視線黏呼呼地在莉雅菈肢體上爬動。

「她長得這麼美，這副神族的外表又很稀有……這場無聊的決戰讓我們損失慘重，至少要帶點夠玩的伴手禮回去嘛。」

且更露出猥瑣的笑容。

「來，莉雅菈公主……就請您乖乖地跟我們走吧。」

隨後，他伸出的右手和奸笑著說話的頭，飛上了空中。

「咦……？」

半空中的頭顱勉強發出這聲音後一拍，大量鮮血狂噴而出。

「妳……啊……？」

手臂和頭顱滾到錯愕的馬多尼斯等人眼前地上——接著倒下的身體，沉入漸漸漫開的血海之中。對於一時還弄不懂發生了什麼事的其他人，莉雅菈「呵呵呵」地笑了一聲。剎那間——

馬多尼斯等人再也無法動彈。

……這、這是……！

莉雅菈散發的強烈壓迫感——巨大得霎時奪去了他們的行動自由。原理相近於當佐基爾面對實力有所差距的對手時，慣用的精神束縛。

但馬多尼斯這些暗中操弄魔界的樞機院議員，都具有等同或高於佐基爾的實力；莉雅菈卻仍輕易地殺了一人，並完全封阻其餘四人的行動。

——為什麼？

因為莉雅菈散發的壓迫感，甚至比凱歐斯還要重。

「不可以跑喔～姊姊是看你們可以讓雷歐真正變強，才拿出比海還要深的恩惠，讓你們活到現在的耶；可是你們卻恩將仇報，想害死雷歐……姊姊怎麼可以讓你們做這種事呢？」

莉雅菈一面這麼說，一面啪噠、啪噠地走近。

「！……啊、唔……！」

然而馬多尼斯幾個還是動都不能動，就連叫也叫不出聲。

他們能做的，就只有對眼前的異質人物抱持極度的恐懼。

尾聲
必行之志的先後

這時——

「啊，可是你們有一個說了一句很有道理的話喔？呃～是怎麼說啊……」

莉雅菈食指戳著臉頰，歪頭回想片刻，並憶起了似的表情豁然開朗，然後瞇眼微笑。看似純真的眼眸，隱約漾著凶光。

「失去作用的廢物，就是得早點清乾淨……對吧？」

聽見這句話的下一刻。

……什、麼……？

馬多尼斯的世界上下倒轉了。

直到最後，馬多尼斯都沒發現轉動的不是世界，而是與身體分家而飛上空中的腦袋——就這麼死狀淒慘地結束了他們長久的生涯。

其他三名議員，也是同樣命運。

一個也不剩地料理了房中的樞機院議員後。

「……嗯～姊姊的工作，這樣就算告一段落了吧？」

莉雅菈在滿室血腥味中愉快地這麼說，並且——

尾聲
必行之志的先後

「話說……那邊那個，你要躲到什麼時候啊～？」
忽然對什麼也沒有的牆說話了。
「……真是的，原來被發現啦。小姐妳真不是蓋的耶。」
牆送來摻著苦笑的答覆後，有個形影浮現出來。
看似男性的形影輪廓漸漸清晰，甚至看得清表情。
莉雅莅知道如此出現於眼前的男性，叫什麼名字。
所以，她開口稱讚：
「維爾達那邊不也來了很多英靈嗎，可是你把它們全部解決以後，還有時間千里迢迢溜進這種地方來……戰神先生果然厲害。」
「真的是不敢當啊。樞機院那些老頭都沒發現我，我還以為氣息完全都消除了呢……」
搔著頭這麼說的，是勇者一族的英雄——東城迅。
「姊姊的女性直覺可是很強的喲。」
迅從懷裡掏出菸叼進嘴裡時，莉雅莅得意地挺起胸說：
「可是戰神先生你好壞喔，明明是你先來這間房的，結果把事情都丟給我做。」
一口氣後——

「──戰神先生，你也是來殺這些爺爺的吧？」

迅拿打火機點菸後吐出一口青煙，答道：

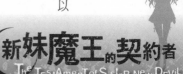

「怎麼又說這麼嚇人的話啊……這場戰鬥，是刃更他們和你那寶貝弟弟的事，我只是以防萬一的保險而已，和妳一樣囉。」

迅臉上浮出平靜的笑。

「話說……沒想到來探個樞機院的狀況，會發現這邊還有像妳這樣的人物呢。」

並瞇起眼打量著莉雅菈問：

「妳的長相，在魔族裡是很稀有，不過那不單純是返祖現象吧……到底要在肚子裡養什麼東西，才能有妳那種怪物級的氣場啊？」

莉雅菈呵呵笑著回答：

「不可以看得那麼仔細～姊姊的賣點可是神祕感喔。」

而且──

「如果要說這種事，戰神先生自己還不是一樣？」

莉雅菈確信不疑地說：

「你聞起來不只是人類，還有一點點龍的味道……而且是太古的高階龍族呢。」

「————」

這話讓迅嚇了一跳，菸灰抖落在地。

然而他仍不改其色，又吐出滿胸的菸說：

「我家那些小鬼還真是撿回一條命了呢……幸好妳不是現任魔王派的代表。」

「姊姊才不會出戰呢，因為這樣就犯規了嘛。可是——」

莉雅菈補充：

「假如戰神先生出戰，姊姊可能會考慮看看喔。」

「這樣啊，那我保持低調還真是做對了……差點就惹了額外的麻煩。」

「姊、姊姊才不是麻煩的女人呢！不理你囉！」

莉雅菈嬌嗔一聲又說：

「不過，姊姊很高興能和戰神先生見這一面喔，這樣就解開府上公子的無次元轉移能力之謎了。」

「…………是喔。」

「那孩子的味道，比戰神先生更複雜……以前也不是沒『三族混血』的例子，可是只有他一個有無次元轉移能力，讓姊姊一直很納悶呢。原來呀……是混了龍的血統。」

接著，莉雅菈又低沉冰冷地呢喃道：

尾聲

必行之志的先後

「……如果那孩子成為雷歐的敵人就糟了，怎麼辦呢。還是趁現在──」

說到這裡──眼前的迅氣場驟然暴漲，同時──

「我說小姐啊……這一次，我這個保險可是要保到底喔？」

「不可以喲，戰神先生。這樣嚇姊姊，只會有反效果喲？」

因為──

「這麼一來，會讓姊姊想幫雷歐多排除一個障礙嘛。」

面對釋放吃人壓迫感的迅，莉雅菈也釋放自己斂藏的力量。緊繃氣氛中，高漲的氣場水火不容地激烈對撞，沖出狂亂的氣流。

──就在雙方互不相讓，情勢升溫至免不了一場廝殺的境地時。

有人衝入這幾乎成為戰場的特別觀覽室。

那是前不久才與雷歐哈特聯手對抗凱歐斯的少年。

東城刃更。

他的雙眼立即逮中不該出現的迅。

「！……老爸？怎、怎麼會這樣……？」

接著發現樞機院議員屍橫遍地，並錯愕得倒抽一口氣。

但不是驚訝他們的死──而是因為莉雅菈。

他是以為，與迅對峙的這個人是樞機院之一吧。

「姊姊有點佩服你喔……竟然會出現在這裡。」

憑莉雅菈與迅力量之強大，想必遠遠就能感受到他們對峙的殺氣。

兩人應也釋出了幾乎足以摒除任何干擾的壓迫感，刃更卻仍踏進這個地方；光是這點膽量，就足以誇獎兩句了。

……更重要的是～

刃更來到這裡，並不是擔心迅的安危。

從戰鬥空間到這裡的距離計算，即使刃更是速度型，也得在戰鬥一結束就直奔觀覽室，才可能在這一刻趕到。換言之，他是在莉雅菈尚未與迅對峙——殲滅樞機院議員之前就已動身。

那代表——刃更趕來觀覽室的當下，並不知道莉雅菈或迅的存在。

——那他是為何而來？答案只有一個。

和莉雅菈跟迅一樣。

這個少年，應是連續經過與雷歐哈特和魔神凱歐斯的死鬥，就將昏厥的澪交給拉姆薩斯照顧，在沒有與其他同伴會合或療傷的狀況下，就直接來討樞機院的命吧。

……啊……

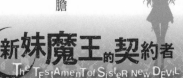

尾　聲

必行之志的先後

接著，莉雅菈感到房外還有一人。

那小心翼翼地躲藏，盡力不讓莉雅菈發現的氣息，屬於拉斯。

……對喔，他們之前一起殺了佐基爾嘛。

考慮到澪的安危，刃更放過樞機院只會埋下禍根，給自己平添風險。至於拉斯，他對殺了和他同在孤兒院長大的義兄姊的佐基爾和聚滿了這類鼠輩的樞機院也甚為痛恨。

雖不知是誰先提議合作，總之兩人是有志一同吧。

有趣——真是有趣。

這麼想的莉雅菈，唇角不禁浮起。

「……………………」

見到這笑容，迅眼中的警戒更為加深。

因此，莉雅菈完全放鬆表情，說：

「放心啦，戰神先生。姊姊已經不想在這裡亂來了。」

接著笑口大開地收起力量。

「都殺光樞機院，阻止他們消滅競技場了；結果姊姊卻自己把它拆掉，不是笑死人了嗎。不要看姊姊這樣，事情可是很多很忙的呢，差不多該失陪了。」

話一說完，拉斯的氣息也跟著消失。

啊，溜掉了。改天再直接叫你過來，看姊姊怎麼整你……暗自如此決定後，莉雅菈眼見約定時間在即，便將剩下的話一口氣說完。

「那個，叫你刃更可以吧？你跟拉斯好像很要好的樣子嘛。沒有樞機院這些老爺爺以後，現任魔王派和穩健派或其他派系之間的隔閡一定會慢慢消失吧。雖然你跟雷歐發生過很多事，以後也要想辦法和平相處，跟他當好朋友喔？」

「呃……」

刃更跟不上急轉直下的變化，愣在一旁。不過無所謂。

「那麼戰神先生，再見囉？」

莉雅菈笑著告別後，迅似乎也確認她沒有戰意，放鬆了警戒。

「再見啦……拜託下次找個沒有血腥味的地方見面，態度也要像現在這樣『呵呵呵』的喔。」

「姊、姊姊才沒有『呵呵呵』的呢～！」

莉雅菈「呸～」一地吐吐舌頭，離開了特別觀覽室。一到走廊——

『——姊姊，聽得見嗎？』

就接到可愛弟弟傳來的心靈通訊，並在心中予以回應。

『嗯，當然聽得到呀，雷歐。對不起喔，雖然姊姊一下子就把樞機院那些殺光光了，可是臨時出了點小意外。』

『……出問題了嗎？』

『沒有，完全沒問題！姊姊可是很強的呢。』

莉雅菈一邊走，一邊內彎纖細的右臂「嗯！」地鼓起力氣。

『我知道……可是我還是要擔心姊姊，這是我的義務嘛。』

接著聽到的，是含著笑意的回答。竟然說這麼可愛的話，看姊姊回去以後怎麼疼你……

如此決定後，莉雅菈問：

『——那邊情況怎麼樣？貝爾費格在嗎？』

沒錯，雷歐哈特人不在競技場中。

而是貝爾費格可能流連的遊樂場。

如同刃更擊敗凱歐斯後，立刻前往特別觀覽室剿滅樞機院，雷歐哈特也儘速趕向貝爾費格的所在。

兩人相約的原訂計畫是……莉雅菈消滅競技場的樞機院議員，雷歐哈特找出貝爾費格的位置，並監視到莉雅菈趕來會合再合力收拾他。

之所以不讓雷歐哈特獨自赴會，是因為讓他一個人對付樞機院首席貝爾費格，風險過高的緣故。

因此──

『再等一下下喔，雷歐。姊姊馬上用轉移魔法過去。』

來到刃更或迅不會察覺的距離後，莉雅菈準備張開魔法陣，前往與她心靈通話的雷歐哈特身邊時忽然發現弟弟沒答話，疑惑地問：

『？雷歐，怎麼啦？』

『……其實，我這裡出了一點問題。』

對方僵硬地答道。『喔？』莉雅菈歪起頭。

『該不會是貝爾費格不在那邊吧？』

『他在……總之妳先過來吧，到時候我再解釋清楚。』

說到這裡，雷歐哈特就結束了心靈通話。怎麼回事呀……語氣似乎不怎麼急迫，問題應該不大吧。

「嗯……不猜了，去了就知道。」

莉雅菈不想浪費時間多作揣測般這麼說，並鑽進眼前張開的轉移魔法陣。

2

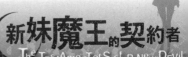

尾聲
必行之志的先後

確定莉雅菈的氣息完全消失後，刃更總算鬆了口氣。背上整片難受的汗水，使他感到自己撿回了一條命。

「……老爸，剛那是……」

「不知道……應該是雷歐哈特的姊姊吧，真是個狠角色。一轉眼就把樞機院全宰了。」

迅也一直板著臉看著莉雅菈剛走出的房門，直到答完話才轉向刃更。

「真是的，這麼亂來……」

並且苦笑著伸出手，以指尖撥去刃更頰上的塵土。

「幹得好……說真的，我也沒想到你能做到這種地步。這樣子，穩健派和現任魔王派之間的和平之道也有頭緒了。就結果來說，算是夠漂亮了吧。」

「只看結果的話，可能是那樣沒錯……可是，我從頭到尾都打得很驚險。有辦法打贏雷歐哈特，純粹是因為有老爸幫忙；能打倒那個魔神，也是因為有拉姆薩斯救我們一命，再加上澪和雷歐哈特的力量。」

刃更苦笑著回答，結果——

「……其實我不是說這個啦。」

「？不然是哪個？」

迅對愣住的刃更笑了笑。

「算了，不說這個……總之事情都結束了。」

並將視線投向窗外。

於是——

「……嗯，暫時告一段落了。」

刃更也跟著迅望去。

窗格外——俯視可見的擂台上，大家圍在澪與拉姆薩斯身旁。柚希和胡桃、萬理亞和潔絲特，以及露綺亞和諾耶都在。

再次確認每個人都平安無事後，刃更輕撫胸口，打從心底祈禱似的低語：

「真希望，澪從此以後再也不會被魔界那些亂七八糟的事情纏上……」

「雖然事情不會什麼都盡如人意……但我想，那應該是沒問題吧。」

迅說道：

「畢竟就像那位小姐說的一樣，樞機院已經不在了嘛。」

3

尾聲
必行之志的先後

由佐基爾所打造，現歸貝爾費格執掌的色慾遊樂場中。

莉雅菈的轉移魔法陣另一頭，是雷歐哈特所在的位置——看似寢室的巨大房間。

——然而等著她的，不只是雷歐哈特。

一具屍體躺在遍染床褥的大片血泊中央，身上有個從前胸直達後背的大洞。

「貝爾費格……」

莉雅菈低頭看著那淒慘屍骸，喃喃念出長久以來暗中支配魔界的高階魔族之名。

「我到的時候，他人是趴著的；為了檢查是不是貝爾費格本人和死因，才把他翻了過來。」

接著，雷歐哈特開始報告他抵達時的狀況。

「他的女伴只是昏倒，所以我叫醒幾個來問話，可是她們都說完全不記得昨晚發生了什麼事。恐怕是中了能消除記憶的藥或是迷香吧。」

莉雅菈瞄向牆角，那群瑟縮在地、衣不蔽體的女人們跟著抖了一下。

「哼……那真是傷腦筋耶。咦，這條床單是雷歐蓋的嗎？」

莉雅菈的視線忽然停在罩住貝爾費格下半身的床單上。

沒有滲血，表示那是死後一段時間才蓋上的。

「……對。我不太想讓姊姊看那種東西。」

「咦～聽雷歐這樣說，姊姊更想看了耶……嘿！」

雷歐哈特的話反而刺激了莉雅菈的好奇心，立刻動手一掀。

「哇……好猛喔。」

並在見到弟弟避諱的原因時大聲驚嘆。

貝爾費格蓋在床單下的下半身——有個不同於胸口那致命傷的重大傷口。某器官，遭利器從根斬斷。

「哇，天啊。原來貝爾費格有兩條的傳說是真的呀？」

「夠了吧，姊姊……」

雷歐哈特從莉雅菈手中扯下床單，蓋回問題部位。

「雷歐雷歐，話說被砍掉的部分……啊，該不會是那個吧？」

「……是的。」

莉雅菈發現離床不遠處地上，有團不自然的床單而發問後，雷歐哈特不悅地點頭，不解地說：

「可是除了我們之外，有誰會做出這種事呢……」

還有人想要貝爾費格的性命並不奇怪，問題是誰會實際動手。

尾聲

必行之志的先後

——一般而言，人們都難逃歲月摧殘、流失力量的命運。

但並非人人皆是如此，其中之一就是貝爾費格。這高階魔族能夠成為樞機院議長，在背地裡將魔界操弄於股掌之間，就是因為他的力量極其強大。

能成功與凱歐斯結訂契約，就是最好的證明。從前那強大的力量，至今也仍未衰滅，讓雷歐哈特不敢輕舉妄動。

而如此立於魔界頂點、君臨天下的貝爾費格，現在卻成了眼前這具可笑的死屍。

……會是戰神先生做的嗎？

從能力足以殺害貝爾費格的人來推測，莉雅菈第一個想到的，是迅。

至於在決戰途中突然失蹤的巴爾弗雷亞，可能性就低多了……除非他懷藏莉雅菈等人所不知的強大實力；而且他對雷歐哈特向來是忠心不二，很難想像他會剝奪主人達成長年悲願的機會。就現有資訊而言，比較可能是在探查敵情時，遭凱歐斯殺害。

當然，也有可能是完全的第三者趁決戰之隙暗殺了他。不過其他強大勢力全都在各地八魔將的監視之下，而且倫德瓦爾城戒備狀態正處於最高層級，沒那麼容易潛入；能辦到這種事的人，實力至少得有迅的水準。這麼說來，果真是迅嗎……當莉雅菈思考最有力的可能性，到處尋找那人稱戰神的男子是否留下任何蛛絲馬跡時——

……咦，這味道不是……

莉雅菈的鼻子忽然嗅到某種氣味。在貝爾費格的惡臭血腥，以及這座遊樂場的女奴們所用的香水味下，隱藏著一絲絲其他的氣味。

是血味——而且，莉雅菈知道那屬於誰。

想忘也忘不了。畢竟，那是她才剛聞過的，極其稀有的氣味。

——但是，那並不屬於迅。

再說，迅與她在古代競技場的特別觀覽室對峙時，身上一點傷也沒有。莉雅菈不是透過血液發現迅有龍的血統，而是他本身的氣味和氣場。儘管能由此大致推測迅的血味，但推測終究是推測；而現在這血味，是莉雅菈確實聞過的。那和迅相當接近，但種族更為複雜。

當她想到那個人——一切都串起來了。

「喔……所以他才用香水啊。」

莉雅菈以異於平時的冰冷語氣囈語。

他八成是遭到貝爾費格反擊而受了傷，才會帶著那麼濃的香水味上戰場。在特別觀覽室遇見他的當下，雖知道那應該有所意圖，但莉雅菈也當那是用以挑釁或擾亂雷歐哈特的小把戲。

然而她錯了，實情並非如此。

那名少年——是為了消除貝爾費格的體味和血腥。

從屍體狀態來看，死亡至今已有半天時間。他可能是昨晚潛入遊樂場殺死貝爾費格後，自行處理了傷口跟盡可能消除自己曾經來過的證據……在那之前，香水是用來消除自身氣味以利潛入。

所以，與雷歐哈特決鬥時，才會拖到最後一刻才出現。

「……原來是這麼回事呀。」

敢衝進那時候的特別觀覽室，就夠莉雅菈吃驚了，沒想到連首要目標貝爾費格的命都被他搶走。然而這麼一來，他又為何勉強帶著貝爾費格造成的傷，和雷歐哈特拚鬥呢？貝爾費格在樞機院中具有絕對的象徵性，若在馬多尼斯執行奪位計畫前公開其死訊，樞機院的掌控力就會頓時瓦解，說不定就不需要這場決戰，澪那些與他同行的少女也不必冒死上場了吧。

……不，沒那麼簡單……

雖然自己與刃更他們都想消滅樞機院，但雙方動機不同。

刃更是為了保護威爾貝特的獨生女成瀨澪生命安全，避免她成為魔族的政治工具。假如事先透露貝爾費格已死在他手下，即使樞機院的威脅消失了，遭搶先的雷歐哈特方也會將他們視為新的危險。

要避免這種狀況，最好是故意放任競技場中其他樞機院議員，執行殺害雷歐哈特的計畫，再與雷歐哈特——也就是現任魔王派與穩健派合作，打碎樞機院的陰謀。只要聯手消滅

尾聲
必行之志的先後

樞機院，就能為兩派提供和平的契機。

而前任魔王的遺女，只有在亂世中才有價值可言。一旦局勢趨於和平，那反倒容易成為爭亂種子，令人避之唯恐不及；但也不能因此殺了她，否則兩派的和平就完了。

簡言之，保障澪的安全並盡可能遠離她，對於現任魔王派與穩健派而言是保持和平的最佳作法。

——真是不敢相信。

這場現任魔王派與穩健派的決戰，是決定魔界未來的關鍵一役。無論兩派何方獲勝——還是自己消滅了樞機院，或樞機院暗殺了雷歐哈特，都會為魔界歷史翻開新的一頁。

然而——事情並非如此。那名少年在那之前，就瞞過所有人的耳目，獨力改變了魔界的歷史走向。這樣的事實——

「……對不起喔，雷歐。姊姊說不定犯了一個很大的錯。」

「姊姊……？」

雷歐哈特疑惑地反問時，莉雅菈口中輕洩嘆息。

考慮到此後刃更與雷歐哈特很可能再度交鋒，還是趁早殺了他的好——這個直覺果然沒錯。

不過，就算那等於必須與迅死鬥，能殺刃更的機會恐怕也只有剛才在觀覽室見面那一次。迅聽見了莉雅菈脫口而出、有意殺害刃更的低語。既然他知道莉雅菈的實力程度，應該會為了保護兒子刃更而提供一些對策，殺他的難度更高了；儘管如此，冒險強攻仍是個有價值的選項——

「還是算了。雷歐，我們走吧。」

莉雅菈勾起身旁雷歐哈特的手臂說。

只要自己不動手，刃更應該不會對雷歐哈特不利；因為那麼做，又會讓澪捲入魔界的是非、陷入危險。

雖然沒能親手血刃弒親仇敵貝爾費格是很可惜，但至少消滅了馬多尼斯等其餘的樞機院議員。

「使樞機院從魔界消失」這個自己與雷歐哈特的目的，已經達成了。

那麼此時此刻，不需要再找假設自找麻煩。

現在，還有其他該做的事——徹底慰勞自己最愛的弟弟。

所以，莉雅菈帶著甜美笑容說出了那句話。

「恭喜喲，雷歐……回房間以後，姊姊再好好地獎勵你。」

◎ ◎ ◎ ◎ ◎

穩健派與現任魔王派即將一決雌雄，論定魔界未來——的前夕。

盡掌萬千色慾的遊樂場內，有個充滿淫褻氣氛的空間。

位在這建築的最深處，為追求無上的歡愉而造。

一座只有特選會員才知道其存在的——貴賓室。

敞開巨大門扉踏入那窮奢極侈地打造而成的極致空間，首先感到的，是腳下鋪滿整間房的鮮紅厚地毯所帶來的舒適觸感；隨後布滿穹頂與牆面的純金雕飾，帶給來客絢爛豪華的視覺饗宴。

——距離魔界歷史性的一日，尚有若干小時的深夜裡。

遊樂場的貴賓室中，有個人正專注於享受每一分可能的快感。

那是樞機院七席中，除本身的「懶惰」外，更兼任了「色慾」的人物。

尾聲
必行之志的先後

有魔界活歷史之稱的高階魔族象徵——貝爾費格大公。

成為這色慾遊樂場的新主人後，貝爾費格依自身喜好將其中一切全都改頭換面，不留一點舊主佐基爾的影子。

並天天都挑選眾多不同女奴，與她們沉溺於深邃的淫慾與歡愉中。

這天夜裡，貝爾費格同樣出現在貴賓室深處的巨床上。

其精選的十數名絕色美女中，近半都聚在他胯間。

「呵呵……都教了這麼久，應該沒一個不曉得我這寶貝的滋味了吧。」

貝爾費格愉快地笑道。他不只擁有四條手臂，連男性部位都由根岔成兩股，上下並排。

「啾噗……嗯、咕啾……哈啊♥」「啾嚕……哈啊、貝爾費格大人……♥」

女奴們一個個面色陶醉地吸含貝爾費格的陽物頂頭，在肉桿上來回滑動舌尖，將睪丸放在嘴裡翻攪。左右各兩名圍繞在其身旁的女奴，被他纏抱在四條手臂裡；內側兩個的乳肉在他手中不停變形，外側兩個跪倒在床上，任他的手指在內褲裡恣意摳挖。

『————————』

受特殊藥劑影響而深陷強烈催淫狀態的女奴們，不停隨著貝爾費格每一個手部動作瘋狂高潮，噴灑女性的氣息。不久——

「好啦……該打賞妳們了。」

貝爾費格一這麼說，就順從本能與慾望射了精。

儘管已經射了十來次，兩頭依然釋出噴泉般的大量精液，將胯下女奴們的臉和胸點點染白。全身淋上精液的女奴們隨後渣渣有聲地以自己的舌清理他的東西，並共享快感似的舔舐彼此滿臉滿胸的黏液，勾纏白呼呼的舌頭交相激吻。

貝爾費格滿意地欣賞著女奴的淫樣時，視線忽然轉到房間邊緣。

「——我說，你到底要在那裡躺到什麼時候？」

「！……啊……唔……！」

倒在牆腳的人影答話似的痛苦呻吟，蠢動起來。

——那是個不請自來的客人，膽敢入侵這遊樂場的不肖之徒。

貝爾費格知道那少年是什麼人。昨天才見過面，不可能忘了他的長相。

況且他還是有戰神之稱的迅．東城的獨生子，再過不久就要與雷歐哈特決鬥的——東城刃更。

「話說回來，竟然敢在決戰前夕跑來殺我……呵呵，你這小鬼還真有意思。」

貝爾費格馬上就發現眼前那少年莽然闖入他的遊樂場，卻刻意無視他的無禮之舉。

——對於活了不知多少年的貝爾費格而言，最大的敵人，是「煩悶」。

這兩天，讓女奴忘卻舊主的調教工作才剛大功告成，意外狀況又是不錯的餘興節目；所以，貝爾費格放任他在裡頭到處亂鑽，等他上門。

於是前不久——刃更終於摸進了貴賓室，對貝爾費格舉劍就砍。

然而，貝爾費格動動手就擺平了他。

「………！」

刃更費了一番功夫才站起來，對敵人舉起銀色魔劍；有腹側的大片血漬，是貝爾費格方才以中指射出的魔力雷射在他身上開洞所造成的。那雖不是致命傷，但也絕對不輕；目前已流了不少的血，再不處置，恐危及生命——當貝爾費格這麼想時——

「————」

視線彼端的刃更周圍那勇者一族所特有，彷彿燐光的綠色氣場，開始混雜淡淡的紅色光芒。

「喔……那火一樣的光，不就是威爾貝特的紅色氣場嗎。」

貝爾費格稍微睜大了眼打量刃更，並說：

「我懂了……還記得前次大戰末期，威爾貝特的妹妹失蹤了一段時間。據說她是部隊撤退途中遇上迅·東城，為了讓部下先行離開，自己留下來拖延他……爾後半年來音訊全無，人家還以為她死了呢。至於迅·東城和那丫頭之間發生了什麼事，就完全沒聽說了。」

原來如此。

「據說迅・東城和她在戰場上見過幾次面……原來是這麼回事啊。」

雖不知勇者與魔王的妹妹在戰場上交鋒時之外，還擦出了怎樣的火花；但只有這樣的假設，才能說明刃更那身紅色氣場。

儘管魔族的孕期較人類短，也沒短到半年就能分娩。八成，是迅和她用了能夠快速產子的招數吧。

刃更的魔族血統，平時應是受到人類血統的壓抑而無法發揮；現在突然發作，可能是因為這特殊遊樂場內具有遠高於魔界正常值的高濃度魔素，貴賓室又充滿了貝爾費格的魔力，兩者透過傷口進入了刃更體內，使刃更的魔族血統活性化而覺醒了吧。澪是受繼於威爾貝特才能使用他的力量，而他是因為迅的血與魔族之間產生了化學變化嗎。

貝爾費格一時好奇心起，將女奴趕下床說：

「有意思……我開始想多了解你一點了。」

「————！」

刃更起腳跳向貝爾費格，二話不說地斬下布倫希爾德——

「——呵呵，還這麼有精神啊？」

見狀，貝爾費格笑呵呵彈響手指——同時產生的火花化為細絲電流，竄向人在空中的刃更。

尾聲

必行之志的先後

「唔、嘎啊啊啊啊啊——！」

命中同時劇烈迸發的電光，使刃更慘叫著跌落地面，再無動作。

「哎呀，糟糕……」

貝爾費格苦笑著伸出左手，對刃更招了招，以念動力使刃更浮上空中飄來，放在床上。

接著慢慢地仔細觀察眼前這名少年。

從肉體每個角落，甚至於靈子構造。

「喔喔……不只是人和魔族，居然還混了神族的血。」

三族混血。

發現刃更的身世祕密，加深了貝爾費格對他的興趣。

更進一步地觀察後，再發現刃更的靈魂中，有塊就連他也看不透的封鎖領域，而且無法解除。

「這小鬼還真是吊人胃口啊……」

貝爾費格樂得笑了起來，並在這時又有了新發現。

「…………嗯，仔細一看，你長得還挺可愛的嘛。」

貝爾費格在他漫長的生命裡，能玩的都玩遍了。

無論男女老幼，只要能給他快感，一律來者不拒，就連魔獸都沒放過。

——但是，即使閱歷豐富如他，也未曾嘗過三族混血的滋味。

經過高度鍛鍊的年輕肉體，在貝爾費格眼中可是個豐潤多汁的果實。

如此千載難逢的可造之才就倒在自己眼前的這個事實——使貝爾費格的下體瞬時滾燙。

原本還想把他和雷歐哈特一起當祭品送給凱歐斯呢。

「好……偶爾嘗嘗男孩子也不錯。」

這麼說之後，他高挺的兩條男性器官交纏成一根巨物，接著——

「不用太擔心……你很快就會習慣我的尺寸。」

只要貝爾費格願意，改造生物的肢體或內部構造根本不是問題；將三族混血雕塑成自己專用的玩具，無疑是最佳的遊戲。也許執掌這場決戰的馬多尼斯會有些怨言，不過那是他家的事。

於是，貝爾費格向刃更伸出了手——

「……………嗯？」

那瞬間，貝爾費格聽見有個東西掉在房間角落地上，便轉頭看去。有個眼熟的東西，正在那裡不停抽搐。

「————」

貝爾費格錯愕地低頭一看，應在胯下的東西已不翼而飛。刃更手上，在之前遭受電擊時

尾　聲

必行之志的先後

鬆手放開的布倫希爾德已重新具現化，解釋了他身上發生的事。

「！——唔啊啊啊啊啊啊啊啊啊啊啊啊！」

貝爾費格痛得按著胯下，跪倒兩膝向前仆倒；躺在底下的刃更，在他壓下來之前忽然消失，隨後——

「啊……嗚——嘎啊！」

趴著掙扎的貝爾費格背部遭到某物貫穿，將他釘在床上，全身力氣隨著血液滾滾流失。

……難、難道說……！

魂根驟斷，自身存在彷彿逐漸稀薄的感覺，使貝爾費格毛骨悚然。

「——我聽說過很多你的事蹟。看樣子，你比那個佐基爾噁心得多了。」

背後，少年的聲音冷冰冰地飄下。

「————」

待在床邊的女奴，一個個失去意識般倒下。多半是近距離目睹貝爾費格的淒慘下場，以及刃更釋放的無底壓迫感，使她們的精神承受不住了吧。這時——

「唔……啊、呃……啊……」

刃更再對肺部遭貫穿而難以發聲的貝爾費格說：

「我一直在想……這場決戰最後的目標，該怎麼設才是最好。就算我們贏了接下來的決戰，穩健派和現任魔王派的鬥爭也恐怕不會就此結束……我想，那個雷歐哈特無論是贏是輸，都打算在決戰之後消滅你們吧；而你們也應該早有預料，安排了對策。在魔界權力絕大的你們殺了雷歐哈特以後，不滿的人很可能會另外組織一個反抗勢力。」

然後——

「魔界又會多出一顆紛爭的種子……澪仍會像過去那樣被人追殺，被某些人當作政治工具，拿她的身分作文章；『最強魔王的獨生女』這個宿命，以後照樣束縛她——可是，我不准那種事情發生。」

下一刻，貝爾費格聽見了決定性的一句話。

「所以貝爾費格，我要殺了你……而且在不能讓任何人看見、讓任何人知道的情況下，單獨殺了你。」

「…………唔…………！」

貝爾費格想盡一切辦法，試著逃脫這生死危機；然而在巨大魔劍釘穿軀體的情況下，掙扎只是加速死亡，根本動彈不得。

「懂了吧……不要以為你能死得痛快，也不要以為能死得像個高階魔族一樣有尊嚴。你不是第一次用藥物或魔法，讓這座遊樂場的女人發狂了……活了那麼久，手下的犧牲者肯定不計其數。玩弄那麼多人的生命和命運，就只是為了打發時間是吧……現在，報應的時候到了。」

背後那少年的話，就這麼成了現實。

此時此刻，貝爾費格只有等死的份。

——接著。

東城刃更對貝爾費格留下最後一句話。

冰寒的聲音裡，包藏了能夠吞噬一切的深沉黑暗。

「我會盯著你。你就在這裡慢慢受這種可恥的苦——然後給我去死。」

後記

已經讀完本書的讀者，以及從這裡翻起的讀者大家好，感謝各位閱讀本書，我是上栖綴人。

首先要聊的，當然是這個話題！本書上市後不久，《新妹魔王》的ＴＶ動畫就要播出了。所有相關人士都在這部動畫上花費了很多心力，請各位務必收看！說到動畫，我要替小說第八集做個小通知。看樣子，應該會推出附ＯＶＡ的限定版喔，而且是豪華的兩片裝。內容詳盡地描述澪、萬理亞、柚希甜蜜蜜的生活日常，還有動畫公司說無法在電視播出、就連放在ＯＶＡ也很危險的，長谷川老師那一段！想看的人，請務必儘早預購！動畫版的宣傳就到這邊，再來聊一點關於本集內容的事。

如同已讀完的讀者所知，這一集是魔界篇的後半。由於要角眾多，非交代不可的劇情跟著暴增，結果就變成目前最厚的一本了；不過呢，最後總算是把當初預定的最後一幕塞了進來，功德圓滿。下集的開頭，預定將補述一些關於戰後處理的經過，並再揭發更多新的真相（預定喔）；接著，舞台將返回人界，讓魔界篇無法出場的角色亮亮相、表現表現……希望如此。

接下來，我要向本作所有相關人員致謝。Nitroplus的大熊老師，感謝你這次又在百忙之中畫了那麼多超強的插圖！特別是最後刃更的跨頁圖超有魄力，讓我整個人都興奮啦！みやこ老師，感謝你從連載開始每個月都不間斷地刊載畫作，這次又要為漫畫第四集和特約專賣店跟活動的贈品加繪稿件，實在是辛苦了！面紙盒罩真是太棒啦！木曽老師，恭喜《新妹・嵐》漫畫第一集緊急再版，同時也非常感謝你的努力！聽到要在Young Animal本誌跨刀特刊時，我也嚇了好大一跳呢！

然後，要感謝各位動畫版相關人員，在這段時間付出的種種辛勞！雖然大家現在可能已經忙得不可開交，但我還是要說，未來也請多多指教。

責任編輯，以及各界關係人士，呃……這次我自己弄得手忙腳亂，真的很抱歉。非常感謝各位竭盡所能，讓本書如期上市。

最後，我要將最大的感謝獻給所有購買本書的讀者。有各位的支持，這部作品才有登上電視螢幕的機會。懇請各位繼續關照，感激不盡！

上栖綴人

（註：以上為日文版的情況。）

衝衝衝！
第七集上市＆動畫開播紀念特別附錄
賀
萬理亞妹妹紙娃娃
努力
塗上你喜歡的顏色！
2014.11

賀第七集
感謝各位購買《新妹魔王》第七集。
這張圖好像有直接破哏的感覺・・・
應該沒關係吧？(ﾟ ω ﾟ)=(=ﾟ ω ﾟ)偷瞄
雖然莉雅菈姊姊的服裝設計得很凶猛，
可是現在回想起來，責編好像一句怨言
也沒說。看來時至今日，相關的人心裡
都有某部分麻痺得差不多了呢・・・
ヾ(ﾟ ω。ヽ≡ﾉﾟ ω。)ﾉｼ

國家圖書館出版品預行編目(CIP)資料

新妹魔王的契約者 / 上栖綴人作 ; 吳松諺譯. --
初版. -- 臺北市 : 臺灣角川, 2015.07-
　冊 ;　公分
譯自 : 新妹魔王の契約者
ISBN 978-986-366-590-8(第7冊 : 平裝)

861.57　　　　104010141

Kadokawa
Fantastic
Novels

新妹魔王的契約者 7

（原著名：新妹魔王の契約者 Ⅶ）

2015年7月24日　初版第1刷發行

作　者：上栖綴人
插　畫：大熊猫介
譯　者：吳松諺

發 行 人：加藤寛之
總 編 輯：蔡佩芬
主　編：吳欣怡
文字編輯：黎夢萍
資深設計指導：黃珮君
設計指導：許景舜
美術設計：胡芳銘
印　務：李明修（主任）、張加恩、黎宇凡、張則蝶

發 行 所：台灣角川股份有限公司
地　址：105台北市光復北路11巷44號5樓
電　話：（02）2747-2433
傳　真：（02）2747-2558
網　址：http://www.kadokawa.com.tw
劃撥帳戶：台灣角川股份有限公司
劃撥帳號：19487412
法律顧問：寰瀛法律事務所
製　版：巨茂科技印刷有限公司
ISBN：978-986-366-590-8
香港代理：香港角川有限公司
地　址：香港新界葵涌興芳路223號
新都會廣場第2座17樓 1701-02A室
電　話：（852）3653-2888